猫の手でもよろしければ

登場人物紹介

センセ

チヤが拾った雛鳥。

ザファル

チヤをスカウトした
特殊部隊の隊長。
人間の姿をしているが
犬に変身できる犬獣人。
強面《こわもて》だが、頼りになる。

チヤ

異世界での千弥子の姿。
猫の獣人で、人間の時より
格段に身体能力が上がっている。
人間の夫婦の
お世話になっていたが、
とある事件をきっかけに
お屋敷を出ることを決め——

千弥子

異世界にトリップしてしまった
就職活動中の大学四年生。

バルラス
チヤを最初に世話して
くれた人間。
アル
バルラスの妻。
優しくて親切。
トゥルガン
特殊部隊の隊員。
料理担当の犬獣人。
クドラト
特殊部隊の隊員。
クールな性格の呪術師。
ナフィーサ
特殊部隊の隊員。
明るくて世話焼き。

プロローグ

その時、『猫はいいよね、猫になりたいなー』なんて、二十二歳のいい大人である私が考えていたのは、現実逃避したかったからである。

大学四年生の秋にもなって、一つも内定が取れていない。となれば、そんな風にやさぐれたくもなる。

猫になったら、どんな楽しい生活が待っているのだろう？

◇　◇　◇

にゃー……という、か細い声が聞こえた。

私、桐谷千弥子《きりたにちやこ》は足を止めて、あたりを見回す。

大学からの帰り道、すでに陽《ひ》は落ちて、住宅街の路上を街灯が照らしていた。どこからか、カレーのにおいが漂《ただよ》ってくる。

すぐ横の児童公園の植え込みで、小さな影が動いた。

その影は植え込みの段差からポテッと下りると、アスファルトの路上を私の方に近づいてくる。街灯の光に姿を現したのは、小さな三毛《みけ》の猫だ。黒と茶色の部分が多い、いわゆる黒三毛《くろみけ》で、右の前足と後ろ足の先は黒、左の前足と後ろ足の先は茶色の毛で覆《おお》われている。

「お前、野良《のら》ちゃん？」

私は屈《かが》み込んだ。

たぶん『野良《のら》くん』じゃなくて『野良《のら》ちゃん』。三毛猫《みけねこ》は、ほとんどが雌《めす》だっていうから。

猫はどんな子も可愛いと思うけど、三毛猫《みけねこ》っていかにも日本の猫という感じがしていい。

車のエンジン音が近づいてきたので、私は猫のお腹の下に片手を入れ持ち上げた。

「ここ、危ないよ」

そのまま公園に連れて入る。

「お前のお母さん、いないの？」

屈《かが》み込んで猫を下ろし、あたりを見回してみたけれど母猫の姿はない。

子猫はピンク色の鼻で、セミタイトのスカートから出た私の膝《ひざ》をクンクンと嗅《か》いでいる。

「悪いね、うちのアパート、ペット禁止だからさ」

頭を撫《な》でると、子猫は軽く伸び上がって私の手に頭を押しつけてきた。

もっと撫《な》でて、って言ってるみたい。この子は愛想がいいなあ。

「私も、愛想よくしてるつもりなんだけどね。どうして内定が出ないのかな」

猫を相手に愚痴《ぐち》る。

一体何社から落とされたことか、もう大学四年の秋だよ？

「お前になっちゃいたいよ」

ため息をついていると、子猫は「にゃ」と鳴いて向きを変え、公園の中央に進んでいった。

「どこ行くの？」

立ち上がって、なんとなくついていく。

公園を挟んで向こうの通りはさらに交通量が多いから、こんなよちよち歩きの子猫には危険だ。

このまま放《ほ》って帰ったら危ないよなぁ。どうしよう。

広場の中央まで行った時、キーン、と耳鳴りがした。

やだな、貧血？　最近、食欲もないし……就活で疲れているのかも。

そんな風に思いながら立ち止まったとたん、目の前の空気が渦《うず》を巻いた。

「え？」

私のすぐそばで、砂と小石が巻き上がる。

公園の木々の葉がちぎれて渦《うず》に巻き込まれ、風が視覚化した。公園のブランコがキイキイと鳴り、
その音は徐々《じょじょ》に激しくなる。

「竜巻《たつまき》!?」

私はあわてて子猫に駆け寄り、抱き上げた。

こんな小さい子、吹き飛んじゃう！

風は目を開けていられないほど強くなった。

私は子猫を胸に強く抱き込み、地面にうずくまる。

腕の中で子猫が、「にゃあ」ともがいた。

うう、怖い、早く通り過ぎて……！

耳鳴りがひどくなる。気圧のせいか、頭が痛い。

子猫の体温が恐怖を和《やわ》らげてくれるような気がして、私はその温《ぬく》もりに意識を集中させた。

だんだん、気が遠くなる。

渦巻《うずま》く風にもみくちゃにされ、朦朧《もうろう》としながら、いくつもの景色を見た気がした。

第一章　仕事はネズミ捕《と》り　～峡谷《きょうこく》の砦《とりで》と学舎《がくしゃ》の鍵～

大きな木の上を爽《さわ》やかな風が吹き抜け、緑の葉と私の髪を揺らした。

朝の光に目を細め、身体を伸ばして、うーん、と伸びをする。

その手の肘《ひじ》から先は、フッカフカに毛深い。

いや、脱毛していないとか、そういうレベルじゃなくて、肌が見えないほど白い毛に覆《おお》われているのだ。右手のところどころは黒、左手のところどころは茶色の毛がふわふわと生えて、指も丸っこく、左右違う色の手袋をしているみたい。足も猫の足の形をしている。

手のひらには、ふっくらピンク色の肉球があり、自由自在に爪を出したり入れたりできる。

そして、黒髪にはいつの間にか白と茶のメッシュが入っていて、そこから突き出ているのは猫耳！

公園で子猫と一緒に竜巻《たつまき》に巻き込まれたあの日、なんと私は異世界に飛ばされ、猫耳に猫シッポのはえた少女になってしまったのだ。外見は八歳くらい。どういうことなのかさっぱりわからず、最初は戸惑《とまど》いの連続だったんだけど――最終的に導き出した答えは、あの時抱いていた三毛猫《みけねこ》と合体してしまったのではないかというもの。どうやら私は猫の獣人になったようだ。

私が飛ばされてしまったここは、シリンカ王国というところ。そしてこの世界では、ドストラーと呼ばれる獣人が珍しくない。

獣人《ドストラー》には二種類あり、『イート・ドストラー』と呼ばれる犬の獣人と『ムシュク・ドストラー』と呼ばれる、私みたいな猫の獣人がいる。また獣人といっても、人間の姿と動物の姿、両方とれる変身タイプと、生まれつき人間と動物がまざった姿のタイプがいた。私は後者だ。

この世界の多くの地域では獣人《ドストラー》の地位はかなり低い。まともな教育を受けられなかったり、人に隷属《れいぞく》させられたりしているところもあるそうだ。

私も、この世界にこの姿で現れてすぐに、とっつかまって売り飛ばされた……らしい。

らしいというのは、よく覚えていないせいだ。何かに乗せられて移動したり、話しかけられて寝言のように答えたりした気はするけれど、意識がはっきりしたのは檻《おり》の中だった。

幸い私は上流階級に属する若い夫婦に買われ、檻《おり》から出されて世話してもらえた。

特に奥さんのアルさんは親切で、この世界の言葉もわからない私に言葉を教え、いつも一緒にいてくれたのだ。

こうして、この世界に飛ばされて三年くらい、夫婦のもとでそれなりに充実した毎日を送っていた私。けれど――あることをきっかけに、私はお屋敷を出ることにした。

森の中にあったお屋敷を出て、私が目指したのはヤジナの町だ。

私は、アルさんの言葉を思い出す。

『獣人《ドストラー》に厳しい地域は多いけど、私の育った孤児院があるヤジナという町はそうでもなかったわ。人と同じような仕事をしてた』

お屋敷を出た以上、一人で暮らしていかなければならない。そのためには働いてお金を稼《かせ》がなければ――獣人にも働き口があるというヤジナの町ならば、私でもやっていけるかもしれない。それに、ヤジナの町には――

私は木々の隙間《すきま》から眼下に広がる景色を眺《なが》めた。

薄く緑がかった白い石の家々、濃い緑の屋根と尖塔《せんとう》がいくつも見える。建物を取り囲むのは、白い石の外壁だ。

ここが、ヤジナの町だ。昨夜ようやく、町からほど近いこの森までたどり着いた。もう遅い時間だったから、さっさと太い木の上に寝床《ねどこ》を確保して眠ってしまったけど、夜が明けた今、明るい光の下で町を見ることができる。

カーン、カーン、と高い鐘の音が町の鐘つき堂で鳴った。

――さあ、一からやり直しだ。

この町で働きながら、元の世界に帰る方法を探そう。それが無理でも、せめて元の姿に戻る方法だけは探すんだ。

私は先に荷物を投げ落として木から下りると、荷物を拾い上げて斜めがけにし、マントを身に着けた。猫耳がわからないようにフードをかぶり、木立《こだち》の間を抜けて歩き出す。

こっちの世界で初めて就職活動をするわけだけど、履歴書とか必要？　むしろ紹介状？　先に住むところ決めた方がいいのか……いや、職に就いてないと部屋は借りられない？　うーん、どうすればいいのやら。

こんなとこまで来て、『ご縁がなかった』とか『ご期待に添《そ》いかねる』とか『今後のご健闘をお祈りいたします』みたいな言葉でザクザク断られたらどうしよう。

こっちの言語の読み書きは苦手だけど、聞き取りはだいたいできるし、片言だけど話せる。できる仕事はあると思うんだけど……。この世界ではかなり若いうちから働くみたいだから、見た目十歳前後の私は働き盛りってことで雇ってもらいやすいはず。

森を貫《つらぬ》く街道《かいどう》の上をてくてくと歩いていく。道は馬車が通れるように、レンガで舗装《ほそう》してあった。

視線の先で森が切れ、その向こうにヤジナの外壁が見える。門が目に入って……

そこで急に動悸《どうき》がした。

私は思わず街道《かいどう》から外れ、森の木に寄りかかってため息をつく。

就活はトラウマだ。手のひらに『人、人、人』と書いて、呑み込む。

今の私はただの『人』じゃないんだから、これじゃ緊張は解けないかもしれないけれど……

その時、深くかぶったフードで一部が覆《おお》われた視界の隅《すみ》を、小さなものが素早く横切った。

サッと視線を動かすと、白い靄《もや》のようなものが尾を引いて、消えていく。

なんだろう……？

静かに数歩、そちらに近づいた。

姿勢を低くして茂みの隙間《すきま》から覗《のぞ》くと、ウサギのような長い耳とキツネのようなふっさりしたシッポを持った灰色の動物がいた。後ろ足で立ってあたりを確認するかのように首を回している。

この動物の名前は知らないけど、とりあえずウサギツネと呼ぶことにしよう。

ウサギツネはいったん前足を下ろして数歩走り、また後ろ足で立ってあたりを確認する。

ふっくらした太腿《ふともも》が、なんだか美味《お》しそう。じゅる。

猫獣人《ムシュク・ドストラー》になってからというもの、小さな生き物を見ると、反射的に『美味《お》しそう』と思ってしまうのだ。

けれど、一瞬見えたウサギツネの目は赤く光り、口からはうっすらと白い靄《もや》が出ている。

この世界の動物は、元の世界の動物たちと似ている。でも、目が光ったり口から靄《もや》を吐いたりする生き物なんて、見たことも聞いたこともない。

なんだ、ありゃ。食欲なくした、放《ほ》っとこう。

そう思ったけれど、手頃な大きさといい、パタパタ動くシッポの動きといい、目が離せない。

これもやっぱり、猫獣人《ムシュク・ドストラー》の習性だ。

私はさらに身を低くして、両手を地面についてから、四肢《しし》をバネのように使って茂みを飛び越え、ウサギツネに飛びかかった。

こちらに気がついたウサギツネは、キキッ、と鳴き声をあげながら逃げ出す。

私は横の木の幹を蹴ってジャンプし、ウサギツネの進行方向から少しずれた場所に着地した。ウサギツネは大木と岩と私に挟まれ、進路を変える。

逃げる方向を操作してしまえば、こっちのもの。

動きを読んでいた私は、もう一度木の幹を蹴って飛びかかり、ウサギツネを地面に押さえつけた。

シュッ、と腰につけていたナイフを抜き、ウサギツネの首に突き立てる。

ウサギツネは声も上げずに動かなくなった。

よーし、ハント完了！

……ハッ。怪しげな動物だから放《ほ》っておこうって思った、さっきまでの私はどこに⁉

自分に呆《あき》れてため息をついた。力が抜け、狩りに熱くなっていた意識がすうっと冷《さ》めていく。

そして気がついた時には、背後にもう一つの気配があった。

振り向くと、茂みの向こうに大きな影がそびえ立っている。

——今度は、私が狩られる番かもしれない。

一瞬、そう思い身体がすくんだ。

「おっ、珍しい毛色の猫獣人《ムシュク・ドストラー》だなぁ」

低い声がして、影は無造作《むぞうさ》に茂みをかき分けてこちらに出てきた。

木漏《こも》れ日の中に現れたのは、見上げるような大男だ。私より、頭二つ半は背が高い。

刈り込んだ青灰色《せいかいしょく》の髪に浅黒い肌、薄い青の瞳。そこまではこの世界だと普通なのだが、服装がめちゃくちゃだった。勲章《くんしょう》みたいな銀のバッジをいくつかつけた詰襟《つめえり》の軍服らしきものを着ているのに、その袖《そで》は肩からちぎれ、筋肉質の太い腕が剥《む》き出しになっている。しかもその黒い軍服はボタンをとめておらず、前が開いているから胸元が見える。腰にサッシュベルトのような感じで巻いている布は鮮《あざ》やかな赤だ。ゆったりしたズボンとごついブーツは黒、肩に載せた長ーい武器は柄《つか》が螺鈿《らでん》みたいにキラキラしている。

……って。今、この人、猫《ムシュク》って言った!?

はっ、と頭に手をやると、フードが落ちて頭がすっかり露《あら》わになっていた。私の猫耳も、そして頬《ほお》から耳にかけて走る傷も見えてしまっているだろう。

つかまったらどうしよう、と警戒する私に、男は無造作《むぞうさ》に近づいてきた。

「ありがとうよ、猫のお嬢ちゃん。そのすばしっこいトゥクヨンを追ってたんだが、俺の図体でこの森の中じゃ、なかなかな」

男は馴《な》れ馴《な》れしい口調でそう言うと、武器——長い棒の先に、斧《おの》の形をした刃がついている——を地面に置きながら屈《かが》み込んだ。ウサギツネは、どうやらトゥクヨンというらしい。

男は腰の後ろに手を回してナイフを抜き、私の足下で昇天していたウサギツネの首を持ち上げる。

シュッ、とナイフの刃がひらめき、ウサギツネの額に縦に傷がついた。

その傷の奥で、何かがキラリと光る。

「これは、狩った奴のものだ」

男はナイフを梃子《てこ》のように使って何かを取り出し、私に向かってぽいっと投げた。反射的にそれを受け止める。

細長くて両端《りょうはし》がとがった石だ。透《す》き通った赤で、とても綺麗。

「これ、何?」

たどたどしく聞くと、男は軽く眉を上げて説明してくれる。

「呪《まじな》い石だ。『呪術師《じゅじゅつし》』の呪《まじな》いの力を強める効果があるんで売れる。いい値がつくぞ」

『呪術師』っていうのは、文字通り『呪い《まじな》』をする人のことだ。

この世界では、全てのものの内部には神さまの力が眠っていると考えられていて、呪術師はそれを引き出す手助けをするんだそうだ。直接見たことはないけど、医療行為をしたり、暗示をかけたり、強力な呪術師だと手を触れずにものを壊すこともできるとか。

――そう、私がヤジナを目指してきたのは、獣人《ドストラー》が差別されない地域ということに加えてもう一つ、強力な呪術師を輩出《はいしゅつ》する土地柄だと聞いたためでもあったのだ。

私が元の姿に戻る手助けをしてくれる人がいるとしたら、呪術師なのではないかと考えていた。加えて、元の世界に戻る方法についてもわかる可能性だってある。

それにしても、呪術師の力を強化する石があることは知らなかった。

高く売れるのならありがたい。貰《もら》っちゃおうか……？

その時、風向きが変わったのか、男からわずかに、獣のにおいがした。

この人も、獣人《ドストラー》に違いない。猫ではなさそう……たぶん、犬《イート》かな。今はまるっきり人間に見えるから、変身できるタイプだろう。

獣人《ドストラー》同士なら、私をつかまえたりはしないはず。私は警戒レベルを下げ、「ありがとう」と言って石を肩にかけていた布鞄《ぬのかばん》にしまう。

男はウサギツネを地面に置き、立ち上がった。

「こいつは、ここに置いておこう。ウサギツネ《トゥクョン》は、俺たちにとってはあまり美味《おい》しくない。森の動物なら食うだろ。……俺はザファルだ」

名乗られたら、私も名乗るべきか。

「私、チヤ」

獣人《ドストラー》には名字がある方が珍しい。千弥子という名もこの世界ではうまく発音してもらえないことが多かったので、名前の言いやすそうな部分だけ伝える。

「チヤか、よろしく。……早速だが、チヤ」

ザファルと名乗ったその男は、ニヤリ、と白い歯を見せて笑った。

「このあたりにいる旅姿の獣人《ドストラー》ときたら、ヤジナに職探しに来たんだろ？　今の狩りの腕前を見込んで、いい仕事を紹介したいんだが」

私のシッポの毛が、ほんの少し、逆立《さかだ》った。

知らない男にいきなりホイホイついていく女がいるもんですか。

「私、ヤジナ行く」

私はパッと身を翻《ひるがえ》す。でも、どうやらこの人は私の動きを予想していたらしい。

「まあまあ、話だけでも」

ひょい、とマントの裾《すそ》をつかまれる。

知らない人に、服とはいえいきなり触られた！　馴《な》れ馴《な》れしいっ！　キシャー！

私は思わず、さらにシッポの毛を逆立《さかだ》てた。男の手を払いのけようと、身体を素早く横に避《よ》け、爪を一閃《いっせん》させる。

が、男は爪を避《よ》けたかと思うと、私の身体にマントを巻きつけてしまった。

この獣人《ドストラー》、速い！　戦い慣れてる……？

「あ。つい。まあいいか」

マントで蓑虫《みのむし》みたいに私を巻いた男は、ひょい、と私を肩に担《かつ》ぎ上げる。

「えっ、ちょっ⁉」

「話だけでも、なっ。チヤみたいな小柄な獣人《ドストラー》の特性が生きる仕事だし、個室の寮完備で給料はいいし、メシはうまい。気に入らなかったら引き受けなくていいから！」

男は早口に言った。

特性が生きる仕事……

私だから雇いたい、とでも言いたげなその言葉に、心が大きくぐらつく。

正直、仕事を探して、断られるのが怖かった。就活をしていた時みたいに、もう自分にガッカリしたくない。それに、気に入らなかったら引き受けなくていいという条件は悪くない。

私の気持ちが揺れたのを、男は即座に悟《さと》ったようだ。

「よし、それじゃ、お嬢ちゃんを職場見学にお連れしよう」

私を軽々と担《かつ》いだまま、彼はスタスタと歩き出す。

「は、はニャして！」

あわてたので、言葉が猫っぽくなってしまう。この姿になってからというもの、ろれつが回らず、時々猫みたいな話し方になるのだ。

ああ、恥ずかしい！

「大丈夫、大丈夫。俺は一応、こういうもんだ」

彼は長斧《ながおの》を私に見せた。持ち手の近くに太陽みたいなマーク、そしてすぐ下に『V』の字を図案化したようなマークがついている。

ああっ、このマークはっ!! なんてわかるほど、私はこの国のことを知らない。あれだ、こういう人バイト先にいた。内線電話をかけてきて「おう、オレだ」って言うタイプ。当然わかるだろうくらいの勢いで言われても知らないから。

「下ろして、って！」

爪を立てたけれど、服が厚くて肌まで届かない！

「男の背中に爪を立てるとは、なかなか情熱的なお嬢さんだな。あ、ちなみにさっきみたいにマントをつかまれた時は、マントを捨てて逃げるといい。さぁ、俺の足ならすぐだ、行くぞー」

男はそう茶化《ちゃか》しながら、軽く走り出した。

は、速っ！ 街道《かいどう》から外れて森の中をショートカットしてるし！

どうにも逃げ出せそうにないので、諦《あきら》めた私は舌を噛《か》まないように口を閉じる。

そして、男の後頭部を見ながら思った。

肉を食べるわけでもなく、呪《まじな》い石を私にくれるなんて、この人はなんのためにウサギツネを追ってたんだろう？

「お嬢ちゃん、到着だ」

荒野にそびえ立つ建物の前で、私は男の肩から下ろされた。

目の前の建物を見上げる。古い、石の砦《とりで》だ。

建物というより壁で、横に長く、高さは二階建て。ややカーブしながら南北に続いている。少し崩れている場所もあるけど、ちゃんと人が住んでいる気配がした。

「ここが、部隊の砦《とりで》だ」

男――ザファルさんが言う。

……部隊って何？　あの斧《おの》のマークはその部隊とやらのマークなの？　軍隊？

疑問はたくさんあるけれど、もうここまで来てしまったので、おとなしく彼の後をついて石段を上がる。

両開きの扉が開け放たれたままの玄関を入ると、そこは吹き抜けのホールだった。真ん中に小さな鐘つき堂があり、奥には閉まった扉がある。

ホールの左右の壁に張りつくように、それぞれ階段があって、階段の上と下にも扉があった。

ザファルさんは「こっちだ」と言って右の階段下の扉を開ける。

扉の向こうには廊下が続いている。右の壁に等間隔で窓が並び、そこから荒野が見えた。奥に進むと、階段がある。

階段を上って二階に行き、さらに上れば狭い踊り場に扉があった。

ザファルさんが扉を開けると、風が吹き込んできて薄青い空が見える。屋上だ。

彼に続いて屋上に出た私は、腰の高さまである塀《へい》の下を覗《のぞ》いてみるように促《うなが》される。

覗《のぞ》いた瞬間、私は息を呑んだ。

そこから、この砦《とりで》の、そしてこのあたりの土地の全貌《ぜんぼう》が見えたのだ。

荒野からは全く見えなかったけど、砦《とりで》の向こう側は大きく地面が落ち込んで深い峡谷《きょうこく》になっている。

そして、そこは丸ごと——

大きな、都市だった。

岩壁に張りついたいくつもの塔《とう》は、岩を彫り込んで作ってあるらしい。そんな塔《とう》と塔《とう》の間を空中廊下や橋、何かのレールがつないでいる。突き出した岩棚にはオベリスクのようなものがそびえ立ち、不思議な模様《もよう》が刻んであった。岩の間を縫《ぬ》う細い道や滑車《かっしゃ》につるされたゴンドラ、静かな水音を立てて流れ落ちる滝や水車も見え、合間に覗《のぞ》く木々の緑が鮮《あざ》やかだ。谷底は靄《もや》にかすんで見えず、谷を越えた向こう、東側の山は絶壁になっていて、越えるのは難しそうだ。

静かに眠る峡谷《きょうこく》都市。

私には、そう見えた。

人っ子一人見えず、ゴンドラも水車も動いていない。鳥の群れが靄《もや》の上をさざ波のように横切り、風が転がした小石の音が、コーン……と小さく反響して静けさを深める。

この都市は、『生活する人』という動力を奪われて眠る、廃墟《はいきょ》なのだろう。

「呪《まじな》い石を知らないなら、この都市のことも知らなかっただろ？」

声もなくその景色を眺《なが》める私に、ザファルさんは壁に斧《おの》を立てかけながら言う。

「ここはズムラディダラ、と呼ばれる峡谷《きょうこく》都市だ。採石場の跡地に建設され、かつては多くの呪術師が集まった研究都市だった」

ズムラディダラ……『ズムラドのダラ』。確かアルさんが、ズムラドっていう緑色の宝石の指輪を持っていたような記憶がある。ダラというのは険しい谷のことで、日本語で言うなら『峡谷《きょうこく》』。ここは『緑の石の峡谷《きょうこく》』と呼ばれているんだ。

そんなことを思いながら、私は聞いてみる。

「研究?」

「大勢の呪術師たちが自分の技を磨くために集まって勉強した場所、ってことだ。王家の依頼で研究をすることもあったし、著名な呪術師も出入りしていたから、王家はここに砦《とりで》を築《きず》き守護隊を置いて守っていた。しかし、『インギロージャ』——十三年前にズムラディダラで起こった謎の爆発以来、ここは『妖気』の谷と化している」

『インギロージャ』。……『崩壊』というニュアンスに近い言葉だ。

とりあえず、先を促《うなが》す。

「ようき?」

「うん。それがなんなのかはわかっていないから、『妖気』と呼ぶしかないんだ。とにかく十三年前、急にダラの図書館が爆発し、同時にダラの底から妖気が噴き出した。その時、そこにいた動物たちが一気に妖魔《ようま》と化して狂暴になり、研究者たちを襲ったんだ。守護隊や呪術師たちが協力して、妖魔《ようま》が外に出ないよう抑え込んだが、都市は廃棄するしかなかった。その後も、このあたりに住む生き物がダラに入り込んじゃあ、底からもれ出してる妖《あや》しい気を身体に取り込んで体内に呪《まじな》い石を作り、狂暴化して妖気を吐くようになった。さっきチヤが狩ったウサギツネ《トウクヨン》、目が赤く光って口から変な煙を吐いてただろ、あんな感じだ」

「あれ、ヤジナの近く、いた」

「うん、妖気の感じられないダラの外に妖魔《ようま》が行こうとすることなんて、めったにないんで、取り逃がしちまってな。ちっこいの一匹だし妖気はどうってことないんだが、住民に怪我《けが》させるとまずいんで追ってた。ははは」

おいおいザファルさん。

私は横目でにらみつつ、言った。

「つかまえる、仕事」

ちゃんと仕事やれよ、という意味と、私に紹介したい仕事ってそれ？　という意味と二つの意味をこめる。

彼はうなずいた。

「妖魔《ようま》をダラから出さないように封じ、都市の遺物や研究資料を探し出して回収する。それが、シリンカ王国軍ズムラディダラ守護隊改め、ズムラディダラ特殊部隊の仕事だ。俺は部隊の隊長」

隊長さん、だったのか。

「小妖魔《しょうようま》は、つかまえるのが難しいんだよな。チヤみたいな、小柄ですばしっこい奴が必要だと思ってたんだ。どうだ、スチ捕《と》りみたいなことやって、給料貰《もら》うってのは？」

……ははあ、それで私を。

スチとはネズミのことで、つまりネズミ捕《と》りの仕事をやらないかという話なんだけど、簡単に言わないでほしい。ザファル隊長は斧《おの》を持ってんじゃん。でかい妖魔《ようま》も相手にするんでしょ？

「あぶない」

顔をしかめて言うと、「大丈夫だ、でかい奴は俺たち軍人が狩る」と、ザファル隊長は軽く両腕を広げる。

「ダラの中の妖魔《ようま》は弱肉強食なんだ。勝った奴が負けた奴を食ってでかくなる。すると、呪《まじな》い石も一緒に食うせいか、体内の石もでかくなる。俺たちは定期的にダラに下りていって遺物を探すんだが、その時にでかい妖魔《ようま》に出くわせば退治して、でかい石を採る。まだ子どものお前は正規の軍人じゃなくて準軍人の立場になるから、今のところはこの砦《とりで》の周辺と、せいぜいすぐ下あたりまでを持ち場にすればいい。そのあたりなら、ウサギツネ《トウクヨン》やネズミ《スチ》くらいの大きさの奴しか上ってこねぇよ」

……ええ？　上ってきちゃうんだ？

「でかい奴は下の方で食い合い、ちっこい奴は上の方に逃《のが》れる。この砦《とりで》の中には呪《まじな》い石の保管庫があるんで、そのにおいにつられて来るんだ。石を食って、自分の中の石を大きくして強くなろうってな。そいつらをお嬢ちゃんが退治してくれると、結果的に俺たちの負担が減ってありがたい」

「石、集めてる？」

「そりゃそうだ、高く売れるからよ」

ニヤリ、とザファル隊長は笑う。

「ダラの妖魔《ようま》狩りは、俺たち特殊部隊が一手に引き受けてるから、それで得られる呪《まじな》い石も俺たちのもんだ。もちろん、お嬢ちゃんにも分け前やるぜ？　たっぷりな」

なんか、マフィアのボスと話してるような気分になった。余裕のある言動もニヒルな笑い方も、それっぽい。

この人たち、王国軍だとか言ってたから、悪者じゃないんだろうけど……いやそうとも限らないか、横領《おうりょう》とか横流しとか軍務規定違反とかしている可能性はある。

「それ、いいこと？　悪いこと？」

「あ？　おいおい、俺たちがダラの呪《まじな》い石を独占するのは、王家が許可してるんだぞっ」

……ホントかー？

「じっとりした目で見んなって。そうだ、よし、証明してやる！」

ザファル隊長は、いいことを思いついた、という風にニカッと笑い、またもやひょいっと私を担《かつ》ぎ上げた。

「ぎにゃあっ！」

叫ぶと、今度は荷物扱いではなく、肩に座らせるようにして私の足を支えながら、彼は言う。

「王家のお抱《かか》え呪術師が駐留《ちゅうりゅう》してるから、会わせてやろう」

……えっ!?　王家の呪術師！　それってつまり、『すごい』呪術師!?

私は俄然《がぜん》、興味がわいてきた。楽しみでシッポをシュピーンと後ろに伸ばしながら、クールに見えるようにうなずく。

ザファル隊長は、階段を下りて、二階の廊下をホールの方向へ少し戻る。二階は峡谷《きょうこく》側に窓があり、荒野側に扉が並んでいた。

ある扉の前で立ち止まると、ザファル隊長はゴンゴン、と扉をノックする。やや して、カチャ、と鍵の開く音がした。でも、扉は開かない。

「邪魔するぞー」

ザファル隊長は自分で扉を開けた。

薄暗い部屋の中、ぽつんとランプの明かりが点《とも》っている。その片隅《かたすみ》で、男性の首が宙に浮いていた。

「みゃっ」

ビビって思わず隊長の頭に爪を立てそうになる。けれど、よくよく見ると、黒いフード付きのローブを着た人だった。部屋が暗いから、ローブが周囲にとけ込んで見えたのだ。

「……ご用ですか、隊長殿」

ローブの人は静かな声で言った。

「クドラト」

ザファル隊長が、ひょい、と私を自分の前に下ろす。

「このお嬢ちゃんが今日から隊に入る」

「にゃっ？」

隊長の下ろし方が雑でたたらを踏んだ私は、かろうじて転ばずに踏みとどまり、顔を上げた。

部屋の中は本棚だらけで、中央の丸い机には不思議な文様の描かれた分厚い紙といくつかの石が載っている。黒ローブの男性は籐《とう》っぽい素材の肘《ひじ》かけ椅子《いす》の前に立っていた。無表情のまま私に視線を向ける。

フードの隙間《すきま》から耳飾りがキラッと光る。そういうのが似合う、綺麗な男性だ。目の縁《ふち》に何か模《も》様《よう》を描いている。

彼は私に自己紹介をした。

「呪術師のクドラトです、今後よろしく」

「あ、あの」

私はあわてて、肉球を振った。

「まだっ。仕事する、決めてない、です」

「……隊長殿」

クドラトと名乗った呪術師はザファル隊長に視線を向けると、静かだけど遠慮のない口調で言った。

「お世辞にも少女向きではない仕事なのに、無理やり連れてきたんですか」

「少女ってか、小柄な獣人《ドストラー》向きの仕事をやらせようと思ったんだっ。必要だろ⁉」

「恨まれますよ。この子は、顔に傷がある。大変な目に遭《あ》い、もうごめんだとヤジナに職探しに来たのでは？」

反射的に、私は左の頬《ほお》に手をやった。

私の頬《ほお》から耳にかけて、切り裂かれた傷がある。もう治ってはいるけど、たぶん痕《あと》が残るだろうし、耳には切り込みが入ってしまっている。

この呪術師は、私が獣人《ドストラー》として虐《しいた》げられてできた傷だと思ったのだろう。

しかし、ちょっと違うのだ。私は急いで言った。

「ちがう、これ……私が、悪い。仕方ない、です」

獣人《ドストラー》だからやられたわけじゃない。この傷は、私の力が足りなかった証《あかし》だ。

仕事を果たせなかった証《あかし》……

「『仕方ない』？」

感情のこもらない声で言う呪術師。それにはお構いなしに、隊長が軽い口調で言う。

「そうだクドラト、このお嬢ちゃんの傷はどうにかなるかな」

「私を便利屋みたいに使わないでください。監視役を兼ねて、王家から派遣されているのだということをお忘れなく」

呪術師は冷たくそう言ったものの、軽くため息をついてつぶやいた。

「……まあ、この娘のような人材も必要か……」

ふいに、彼は両手の指を不思議な形に組み合わせた。何度か組み替えてから一歩前に出て、右手を私の顔にかざす。

じわり、と、左の頬《ほお》が温かくなった。彼はすぐに手を引っ込める。何か術をかけてくれたのだろうか。頬《ほお》を触ってみると、ほんのわずかに傷痕《きずあと》が短くなった気がしないでもない。

「あ、ありがと？」

「他の隊員の傷の面倒をみているのに、あなたにだけ何もしないわけにもいかないでしょう。もっとも、わざと消さない隊員もいますし、完全には消せませんが……」

呪術師の口調はそっけない。

「見えるとこに傷があると、百戦錬磨《ひゃくせんれんま》っぽくていいけどな」

隊長はすっとぼけたことを言い、言葉を続ける。

「もし傷を目立たないようにしたいなら、何度か術をかけてもらえばいい。何しろクドラトは王家お抱《かか》えの呪術師だからな、腕はいいぞ」

再び王家お抱《かか》えという言葉を聞いて、私は疑問に思っていたことを質問する。

「どうして、呪術師さん、いる？」

「妖魔《ようま》が出る場所に、呪術師が必要ないとでも？」

「あ、ちがう。えと、どうして『王家』の人？」

すると、呪術師は元の位置に下がりながら、そっけなく答える。

「廃墟《はいきょ》となったダラには、呪術師たちの研究資料がたくさん残っています。それらを、この隊の人々が破損、横流ししないか監視しつつ、できるだけ回収し、王家の呪術師たちの教育に役立てなくてはなりません」

え、じゃあこの人も普段、ダラに下りてるんだろうか？

私が「大変？」と聞くと、「いや。前任者と交代でここに駐留《ちゅうりゅう》するようになって三年ですが、居心地は悪くない」と言って、彼は軽く肩をすくめる。

「この隊とは利害が一致するので、駐留《ちゅうりゅう》を希望しています。前任者は怪我《けが》で隊を離れましたが、残りたがっていましたし、私もあと二年はいたいですね。研究に集中でき、何よりダラで手に入った呪《まじな》い石は一部を王家に納めれば、隊長殿と私の判断で自由にできますから、研究がはかどります」

……そうなのか⁉

ザファル隊長を見ると、ほらな、という顔をしている。

「何も悪事なんか働いてないだろ。どうだ、ここで働く気になったか？」

私は考え込んだ。

ヤジナの近くとはいえ、この砦《とりで》には色々な人がいるんだろうから、いくら隊長が獣人《ドストラー》でも安心はできない。でも正直、強力な呪術師とお近づきになれるこの状況は、チャンスだ。しばらく様子を見て、彼が信頼できそうなら、元の姿に戻る方法を相談できるかも……

私は、呪術師の青年をうかがい見た。

「自分の意志で、決めることです」

彼はあくまでもそっけない。でも、私が「ノー」と言う選択肢を残してくれている。

「もう、答えは出てるんだろ？　やるか？」

ザファル隊長は余裕の表情だ。

もしかして、私の考えてること、顔に出てる？

ちょっと悔しい気もしたけど、私は自分の意志を伝えた。

「はい」

こんな私の、猫の手でもよろしければ、お貸ししましょう。

「よし」

ニッ、とザファル隊長は笑い、私の頭をぐりぐりと撫《な》でた。

「歓迎するぞ！　さあ、もう少し砦《とりで》を案内しよう、お嬢ちゃん」

ザファル隊長と一緒に呪術師の部屋を出る。すると、廊下の向こうから誰かがやってきた。

「あ、隊長やっと見つけた……って、んんっ⁉」

私を見て声をあげたのは、すらりとした背の高い美女だ。白いシャツのボタンがはじけそうなほど大きな胸をしている。まずそこに目が行ってしまった。

あわてて顔を上げると、ボブカットの灰色の髪に紫の瞳が目に入る。彼女が着ている膝上丈《ひざうえたけ》のスリット入り黒スカートは軍服のようだ。左手には鞘《さや》つきのナイフを持っていた。

美女とナイフ、なんかイイ。

「女の子だ！　猫獣人《ムシュク・ドストラー》？　うちの隊に入んの？　やだ可愛い、あたしはナフィーサ」

美女は妖艶《ようえん》に微笑んで自己紹介した。

私の本当の年齢と同じ年くらい、つまり二十五歳前後っぽいけど、色気は完全に負けている。

「私、チヤ。ナフィーしゃ、よろしく」

こちらでは、身分の高い人以外でフレンドリーに接してくれる相手に対しては、敬称をつけないのが普通だ。うまく発音できなかったけど。

ナフィーサは人懐《ひとなつ》っこく聞いてくる。

「どっから来たの？」

「ウルマン」

私は南西の都市の名前を答えた。本当は、私がいたお屋敷はウルマンからは少し外れた深い森の中だったけど、アルさんたちはあえてひっそりと暮らしていたようなので、わざわざ言う必要はない。

「チヤはやっぱり、人間に飼われてたんでしょ」

当たり前のように聞かれたので「う、うん、そう」と答える。

この世界ではヤジナのような特別な地域を除き、まともな職についている獣人《ドストラー》はいない。多くは野良《のら》か、人間が使役するために飼われている。私のように愛玩用《あいがんよう》のものも少数ではあるがいた。

ナフィーサは目を細める。

「珍しい毛皮だし、可愛がられたでしょー。あたしも若い頃は、この美貌《びぼう》で結構稼《かせ》いだんだけどな」

ナフィーサの言葉はどうにも反応に困るけど、獣人《ドストラー》を見下してはいない。自分を獣人《ドストラー》と同じ位置に置いてる。こういう人、ちょっと珍しいんじゃないかな。

「今もここでガッポリ稼《かせ》いでるじゃねぇか。まあ、稼《かせ》いだら稼《かせ》いだだけ遊んで使っちまうけどな、お前」

ザファル隊長が苦笑すると、「あ、それそれ！」とナフィーサは思い出したように言った。

「探してたんですよ隊長。明日ヤジナで遊んでくるんで、外出許可くださいな」

「言ったそばから、それか」

「お金なんて、ガッポリ稼《かせ》いでパーッと使うからいいんじゃないですか。死んだらお金は使えないでしょお？」

あっけらかんと言って、ナフィーサは右手を腰に当てる。

「だいたい、隊長こそヤジナに行ってたんじゃないんですかー？　あたしが今日ナイフを砥《と》ぐって言ったら『俺のも頼む』って言ってたくせに、砦《とりで》のどこ探してもいないんだからっ」

「おお、いや、まあ。わかった、わかった。ナフィーサのヤジナ行きを許可する。あと、これ頼む」

隊長はサッシュベルトからナイフを鞘《さや》ごと抜いて、ナフィーサに渡した。

「了解。今日はもう作業を終えちゃったから明後日《あさって》になりますよっ」

彼女が受け取る。隊長は私を親指で差した。

「ナフィーサ、トゥルガンに言って、こいつにもメシ用意してやってくれ。後で紹介する」

「はーい」

二本のナイフを手に、元来た方へ戻りかけていたナフィーサは、こちらに身体をひねってニヤリとした。

「あなた、自分からこんなとこ来ないわよね。隊長にさらわれたの？」

はい。さらわれてきましたー。

私が言うより早く、ザファル隊長が彼女をにらむ。

「ちげぇよ。いいから早く、メシ」

ちがいませーん。さらわれてきましたー。

そう言いたかったけど、ここで働くんだし、ごはんが出そうなので、私はおとなしく黙っていた。

ウィンクを一つしてナフィーサがホールに下りていった後、ザファル隊長は肩をすくめる。

「あいつは金を稼《かせ》ぐことにかけては熱心で、妖魔《ようま》狩りとなるとすげえんだ」

なるほど。こんな僻地《へきち》だし、妖魔《ようま》狩りなんていう大変な仕事だけど、お給料プラス呪《まじな》い石が手に入るなら、お金が欲しい人にとってはおいしいわけだ。

クドラトは研究のため、ナフィーサはお金のため、そして私はすごい呪術師とお近づきになりたいから、ここにいる。

隊長は何か目的があるのかな。やっぱりお金？　と横目で彼を見たけど、気づかないようだ。

「さーて、食堂に向かう前に、こっち側からぐるっと案内してやろう」

隊長は先に立って歩いていく。

二階建ての砦《とりで》は、吹き抜けのホールを真ん中にして北と南に細長く延びた作りだ。

さっきまでいた呪術師クドラトの部屋が、南翼の二階。近くには、呪術関連の資料室やダラから得た資料の保管庫など、とにかく呪術に関する部屋が揃《そろ》っている。

その下の南翼一階は、食事や打ち合わせに使う部屋と厨房《ちゅうぼう》、それに住み込みの料理人さんの部屋とナフィーサの部屋があった。

ホールを挟んで反対側、北翼一階は洗濯室や浴室などの水回り系だ。浴室には小さな浴槽《よくそう》があって、薪《まき》で焚《た》いたお湯を汲《く》んで使う。

二階はザファル隊長の私室と事務仕事をする隊長室、武器庫と呪《まじな》い石の保管庫があった。

部隊のメンバーはこれで全部だそうだ。

少なっ。

「仕事が仕事だから、なかなかいい人材が見つからなくてな。さて、お前の部屋をどこにするか。ダラが廃墟《はいきょ》になる前は、ここに一個小隊がまるまる駐屯《ちゅうとん》してたから、部屋数だけは多いんだが」

北翼二階の隊長室の前でザファル隊長はそう言って、私の頭を軽くポンと叩いた。

「そうだ、内鍵が壊れてない部屋をチヤが好きに選んで使え。決まったら言いに来い、それまでに寝具を用意させとくから」

なんつーアバウトな。

それにしても、大柄で鷹揚《おうよう》な雰囲気の隊長と、小さくて片言の私。ひょいひょい担《かつ》ぎ上げられるし、なんだか上官と部下というより、親子みたいに見られそうだ。

そんなことを思いながら、私たちはいったん屋上に出て、もう一度、南翼に向かった。

隊長の後ろを小走りについていきながら、雄大な景色を眺《なが》める。

陽《ひ》が傾《かたむ》き、空の端《はし》が茜色《あかねいろ》に染まり始めていた。峡谷《きょうこく》は暗くなるのも早いだろう、と腰の高さまである塀《へい》越しに覗《のぞ》き込むと、不思議なことに廃墟《はいきょ》はぼんやりと明るい。

「明かり……」

「ああ、あの塔《とう》、見えるか」

ザファル隊長が壁に近寄り、谷の向こう側の岩棚にある六角形の塔《とう》を指さした。

「ここからは見えにくいが、建物の表面に呪《まじな》い文字がびっしり彫ってある。あの塔《とう》が太陽の光を記憶して、暗くなってもしばらくはダラを照らすんだ。『巨人のランタン』と呼ばれてる」

本当だ、手にぶら下げて持つランタンみたい……ちょっと、近くで見てみたいな。

しばらく塔《とう》を見つめてから、私は壁を離れた。

南翼の階段を一階に下りている途中で、カーン、カーン、という高い鐘の音がする。玄関ホールにあった小さな鐘つき堂の鐘だろうか。

「夕食の合図だ。打ち合わせを兼ねて、だいたい全員で食う」

説明してくれる隊長と一緒に、南翼一階にある食堂に行く。

八人がけの木のテーブルと椅子《いす》がある食堂は、壁にダラの断面図らしき紙が貼られていた。端《はし》っこの席に座って待っていると、すぐにナフィーサが入ってきて、手を振ってくれる。さらに少しして、黒いローブ姿のクドラトがしずしずと席についた。

「はい、お待たせ……って、あれ!?」

急に、明るい男性の声がした。

大きなお盆を持って入ってきたその人は、三十代半ばくらいの真面目そうな男性だ。腕まくりして、エプロンをしている。その腕と顔にはうっすらと傷痕《きずあと》があった。

「ナフィーサ、女の子って獣人《ドストラー》じゃないか！　それなら、もっと食べやすいもの用意したのに」

長い枯れ草色の髪を一つに結んだ彼は、盆をテーブルに置いた。盆にはどんぶりが四つ。

おお！　汁麺《しるめん》だー！

湯気を立てた白濁したスープに、黄味がかった太い麺《めん》が沈んでいる。上に載っている何かの肉は脂《あぶら》がのり、そこへしゃきっとした生の香草がてんこ盛りだ。

もう、においでわかる。これは美味《おい》しい、と。

「ちょっと待ってて、他に何か」

戻ろうとするその男性を、私は急いで呼び止めた。

「あ、だいじょぶですっ」

テーブルに立ててあった箸《はし》を手に取り、持ってみせる。

この国の人々はスプーンとフォーク、そして金属の長い箸《はし》を使う。手が動物そのもののタイプの獣人《ドストラー》には使えないので気にしてくれたんだろうけど、私は手の形が人間に近いので平気なのだ。

男性は「お、指長いんだな」と目を見開いてから、大きな口でにっこり笑った。

「もし食べにくかったら言ってくれな。俺はトゥルガン、ここの料理番」

汁麺《しるめん》のにおいに混じって、ちょっとだけ獣のにおいがする。この人も犬獣人《イート・ドストラー》らしい。

「ありがと、です。私、チヤ」

「チヤには、砦周辺《とりで》の小妖魔《しょうようま》を担当してもらう」

隊長が補足すると、ナフィーサが笑った。

「よかったですねー隊長、これで呪《まじな》い石を粉々にしなくて済むし」

「うるせっ」

んん？　粉々？　どういう意味だろ。

そうこうしている間に、トゥルガンがもう一人分のどんぶりを持ってきてテーブルに置き、自分も座った。

「トゥルガンは、インギロージャの前は俺と一緒にダラの守護隊で働いてたから、ここに詳しいんだ。今も特殊部隊の一員だよ」

隊長の説明に、なるほど、とうなずく。

「さて、これで一応顔合わせは済んだな。んじゃ、食うか」

ザファル隊長はあっさりと言って、箸《はし》を手に取り食べ始めた。

え、顔合わせは、もういいの？

私も急いで手を合わせて心の中で「いただきます」とつぶやき、食べ始める。

んん、美味《おい》しい！　なんの肉だろう、少し癖はあるけど、とろける！　スープは塩味で、肉のこくが出ている。それを香草とスパイスがさっぱり仕上げていた。麺《めん》はもちもちしていて食べ応《ごた》えがあり、スープによく絡《から》む。

私は元々、麺類《めんるい》が大好き。うどん、そば、ラーメン、スパゲティ。もうとにかく麺類《めんるい》があれば幸せだ。でも、アルさんのところではほとんど出なかったから、嬉しい！

「口に合うといいんだけど」

トゥルガンの言葉に、私は顔を緩ませながら答えた。

「美味《おい》しーにゃん！」

恥ずかしい、また猫語が出ちゃった……！

ザファル隊長とトゥルガンがニカッと笑い、ナフィーサが「やんっ、猫可愛《ムシュク》い！」と言い、クドラトまで口元が緩んでいる。

外見が何歳であれ、精神年齢二十五歳の女の語尾が「にゃん」だなんて、痛々しい。自覚はあるので、一生懸命やらないようにしてるんだけど、つい出てしまうのだ。

照れ隠しに、私は麺《めん》をせっせとすすった。

……それにしても、大勢で食事をするなんて、いつ以来だろう……

熱々のスープが、胃を、そしてなんだか胸の奥まで温めてくれる。私はホッとため息をついた。


食事の後で食器を厨房《ちゅうぼう》に下げ、「洗う」と言うと、トゥルガンは笑顔で首を横に振った。

「ここはいいよ、それより部屋を決めておいで」

もう砦《とりで》の中は薄暗いからと、燭台《しょくだい》を渡される。獣人《ドストラー》は夜目《よめ》が利《き》くけど、明かりはあった方がいい。

一人で北翼の一階に行き、洗濯室と浴室の奥の部屋をいくつか覗《のぞ》いた。鍵がかかるか確かめて、そのうちの一室を自分の部屋に決める。

このあたりは呪《まじな》い石の保管庫の真下だ。石を狙って小妖魔《しょうようま》が上がってくるのは、基本的には真夜中から明け方の時間帯だけだそうだけど、それ以外の時間に何か異変があった時、私が自室にいれば気づけるかもしれない。

ちなみに隊長がウサギツネを取り逃がしたのは、古い石壁の一部が崩れて穴が開いたせいらしい。穴はもうふさいだそうだ。

食堂に戻ると、まだザファル隊長がいた。

部屋を決めたと報告していたところに、ちょうどトゥルガンが寝具を持ってきてくれる。

「チヤ、これ使って」

「今日のところは、もう休め。お前まだ十歳かそこらだろ、しっかり食ってしっかり寝ないとな」

隊長は、やっぱり親みたいなことを言う。

確かに私の外見年齢はそれくらいだ。こっちに来たばかりの時に鏡を見たら八歳くらいだったので、これでも成長したのだけど。アルさんにも、「もっとお食べ」「よくお眠り」って言われたっけ。

それにしても、なんの手続きもしてないけど、いいのだろうか？

隊長が私について知ってるのは、チヤという名前とウルマンから来たことだけ。それも、全部自己申告だ。

「私、親いない。自分で何か書く、しますか？　ええと、紙に書いて、よろしく？」

わかる単語で聞いてみると、隊長は笑った。

「ああ、部隊に所属する手続きな。俺が適当にやっておくわ」

それでいいのか？　と驚いていると、隊長はつけ加えた。

「この辺では、インギロージャで身内を失った奴が結構いる。だからヤジナでは、その辺は大ざっぱだな。特にうちみたいな特殊な部隊、入ってくれるだけでありがたいよ」

そして、私の頭をポンと叩いた。

「浴室に湯があるから、さっぱりしてから寝るといい」

続く、トゥルガンの言葉が嬉しい。

本物の猫は苦手だと思うけど、私はお風呂が好き！

「鐘が鳴ったら、朝食だからな」

隊長が言い、私はうなずくと、二人に頭を下げた。

「おやすみなさい」


猫獣人《ムシュク・ドストラー》の身体になって、人間の時と変わったことといえば、もちろんまずは外見。それから、人間よりも遥《はる》かに筋肉が発達し、身体が思う通りに動くようになった。今では、二メートルくらいの高さならひとっ飛びで越えられる。夜目《よめ》が利《き》くし、音に敏感になった。

生活リズムも、少し変わった。前は夜十二時くらいに寝て六時半から七時に起きていたんだけど、猫が夜行性だからか、夕方寝て夜中に起きるようになった。

まあ、いつでも暇な時は寝ちゃうんだけど。猫だし。

そんなわけで、私は夜中に目が覚めた。

こちらでは、一日の時間は大きく三つに分かれていて、明け方から昼までが『空の刻』、昼から日没までが『地の刻』、夜は『影の刻』。今は『影の刻』の真中、つまり真夜中だ。

明かりのない部屋の中は、静かだった。

猫の目に、二段ベッドに書き物机と椅子《いす》、壁の上の方に作りつけてある棚とその下に渡された棒が映る。棒にはハンガーにかけたマントを吊るしてある。そして、閉め切った鎧戸《よろいど》。

自分のプライベートな空間を持つなんて、久しぶり。お屋敷にいた頃は、食事も眠るのもアルさんと一緒だったから。旦那さんのバルラスさんがいる夜は、お邪魔なので庭をぶらぶらしていた。

静かに廊下に出て、すぐ近くの階段を上る。上り切ったところの扉を押すと、すうっとひんやりした風が入ってきた。

砦《とりで》の屋上は歩廊《ほろう》になっている。そこから見上げると、空にはうっすら雲がかかって、輪郭《りんかく》のぼやけた月が浮かんでいた。月は、元の世界の月と変わらない。それが不思議だった。

塀《へい》から下を覗《のぞ》くと、十メートルくらい幅のある岩棚が砦《とりで》に沿って続いていて、そこから向こうは急激に落ち込んで峡谷《きょうこく》になっている。

『巨人のランタン』はこの時間までは保《も》たないらしく、ダラは闇に沈んでいた。

私は、ひょい、と塀《へい》を飛び越える。二階分の高さを落下し、ほとんど音を立てずに岩棚に下り立った。こんな芸当は、獣人《ドストラー》ならではだ。

自分の部屋の前で一度立ち止まり、その上の呪《まじな》い石保管庫の窓を見上げた。妖魔《ようま》が入ってきたら困るので、内側から鎧戸《よろいど》をしっかり閉めてある。

私は砦《とりで》の壁に沿って少し歩き、壁の出っ張りの陰に座り込んだ。この辺が、私の持ち場、ってわけだ。今夜妖魔《ようま》が来るかはわからないけど、しばらくここで気配を消していよう。

猫耳少女になったからって、まさか自分がネズミ捕《と》りの仕事をするなんて思いもよらなかった。寂しがりやのアルさんのそばで、メイドさんみたいな可愛い服を着せられて侍っていたときも、不思議な気分ではあったけれど。

あの頃の生活は、私の中に『猫』の部分があるからか悪くなかったけれど、『人』としての部分は、もやぁっとしたものを感じていた。

でも、人間としてこちらに来たところで、私に何ができただろう？　就職先すら決まらなかった私なんて、いてもいなくても変わらない。

そんな風に落ち込むこともあった。

ところが、しばらくしてバルラスさんがアルさんのためにと、私を護衛にする訓練を始めたのだ。そうしたら、この身体が人間よりずっと高い身体能力を持っていることがわかった。つい熱心に訓練したら、『私が危ない目に遭《あ》っても、チャコがいれば大丈夫ね！』ってアルさんが私を頼りにしてきて、嬉しかった。ちなみに、チャコというのは、私のことだ。最初に名前を聞かれた時に「千弥子」と名乗ったら、アルさんは発音できず、以来、チャコと呼ばれた。

どうして異世界に来たのかわからなかったけど、神さまが『仕事のできる大人』になろうとして疲れていた私を子どもに戻してくれたのかもしれない。

これは休暇なのかも、と思って、のんびりと、番犬ならぬ番猫の仕事をしていたのに……

思い出に沈んでいた、その時。

闇の中に、きらりと一対の目が赤く光った。

……来たな。

私は気配を殺しながら、そっと身体を動かす準備をした。

すぐに次々と生き物が上がってきて、私は順番に仕留めていく。

け、結構来るんだ。

軽く息をはずませながら、自分の足下を見た。

私のナイフでとどめを刺された状態で動かなくなっているのは、ネズミの妖魔《ようま》が三匹とウサギツネの妖魔《ようま》が一匹。

片《かた》っ端《ぱし》から倒しちゃったけど、この後はどうすればいいんだろう。ゲームみたいに骸《むくろ》が消えるわけじゃない、ここに放《ほ》ってはおけないよね……石、勝手に取り出していいのかな。いくつゲットしたとか、記録はどうするの？

うーん、夜明けはまだ遠いし、誰かを起こして聞くのは悪い。

私は迷った末に、猫は猫らしくすればいいか……と、小妖魔《しょうようま》の身体を拾い上げた。


カーン、カーン。

朝食の鐘の音に、部屋を出て食堂に向かうと、途中でザファル隊長に会った。

「おう、チヤ、初日から仕事したんだな、ご苦労さん。だけどな、お嬢ちゃん」

隊長は困ったような顔で笑う。

「俺の部屋の前に、ネズミとウサギツネを並べて置いておくのは、やめてくれ」

いや、だって、猫としては戦績《スチトウクヨン》アピールはしないと。ねぇ？

食堂に入ると、ちょうどトゥルガンが朝食を並べ終わったところだった。

いい機会なので倒したネズミやウサギツネをどうするのか、ご飯を食べながら聞いてみると、基本的に石を取り出したら、残った身体はダラに返すそうだ。

「厨房《ちゅうぼう》の外に置いておいてくれれば、後は俺がやるよ」

トゥルガンがそう言ってくれたし、食事中にふさわしい話題でもなさそうだったので、細かいことは聞かずお任せすることにする。

朝食は、ほんのり甘い蒸しパンにチリソースみたいなピリ辛《から》ソースをつけて食べる料理と、豆と野菜と干し肉の煮込みだった。

やばい、美味《おい》しい。なんなのこの深みのあるスパイスは！

トゥルガンに完全に胃袋をつかまれた私は、ここで働くのってすごく幸せなんじゃないだろうか、と思うのだった。


食事の後、隊長に呼ばれた。

「時間が余ってる時に身体を動かしたければ、ダラに少しだけ下りて自主訓練してもいいぞ」

そういう隊長と一緒に、ホールに行く。ダラ側の扉は夜間は妖魔《ようま》が入ってこないように閉まっているけど、昼間は鍵を開けているようだ。その扉の先は、昨夜仕事をした岩棚になる。

北か南のどちらかに少し行けば、ダラへの下り口があった。

「北口も南口も、しばらく下りたあたりまでは、でかい妖魔《ようま》は上がってこない」

隊長がそう言うので、一緒に南口を下りてみた。

岩肌に刻まれた道はジグザグと曲がり、二十メートルほど下に大きな滑車《かっしゃ》のついたワイヤーが見える。滑車《かっしゃ》には大きな鉄の籠《かご》がぶら下がっていた。

「お嬢ちゃんは、このゴンドラ発着所のあたりまでにしとけ」

「はい。これ、何に使うか」

「人間が乗れるし、後は物資を運ぶものだな。今も使ってる。モーターを動かして下り、下の方にいる妖魔《ようま》を倒して、また戻ったりな」

隊長がゴンドラの脇《わき》の小屋を示す。壊れて外れた扉から中を覗《のぞ》くと、手動のモーターがあった。

つまりゴンドラの動く範囲は、道をショートカットできるわけだ。

「で、訓練だがな。お前はもう、狩りの基本はできてるみたいだし」

隊長が手で示しながら言う。

「この辺の岩壁を、道を使わずに上り下りするだけで、毎日の訓練になるぞ」

道を使わずに岩壁を上り下り、ってロッククライミングみたい。ロープを使わないやつはボルダリングって言うんだっけ、岩の出っ張りなんかを利用して手足だけで壁を上るやつだ。今の私には猫爪があるから、簡単にできるかも。

「はい。……あ？」

その時、視界の隅《すみ》で、チカッ、と赤いものが光った。

直後、隊長の後ろから一匹のウサギツネが飛び出してくる。

隊長はとっくに気づいていたらしい。スッと向きを変えながら長斧《ながおの》を構え、ブン、と振った。ドゴッ、と一撃でウサギツネは岩壁に縫《ぬ》い止められる。

この間は取り逃がしたなんて言ってたけど、隊長みたいな鍛《きた》えられている人がウサギツネに遅れをとるなんて、おかしいと思ってた。やっぱり倒そうと思えば簡単に倒せるようだ。

けど……あー、なるほど……

昨夜の夕食の時にナフィーサが言っていたことが、今、理解できた。彼女は私がいれば『呪《まじな》い石を粉々にしなくて済むし』って言ったんだよね。

隊長は、倒し方が悪いのね。石が粉々になるような倒し方をするからもったいない、と……

じーっ、と隊長を見る私に、彼は「ははは」と意味不明な笑いを返したのだった。


その翌日、私はトゥルガンから、採った呪《まじな》い石の記録の仕方を教わった。

石の保管庫の扉には、大人の拳《こぶし》が入るくらいの大きさの四角いスライド式のドアがついている。ちょうど新聞受けみたいな位置だ。

「妖魔《ようま》を倒して石を手に入れたら、とりあえずここから入れておいて」

トゥルガンが説明してくれる。

ここの鍵は隊長とトゥルガンが持っているそうで、王家に納める分をのぞいた後で、給料日に隊員に分配してくれるらしい。

廊下に小さな台があって、インクペンと紐《ひも》で綴《と》じたノートが置いてあった。これに手に入れた日時や石の大きさなどを記入すればいいそうだ。

私は早速、昨夜手に入れた石について記入した。

石をたくさんゲットしないと、王家に納める分が足りなくなるとか、そういうノルマはあるんだろうか。階下に行きながら、トゥルガンに聞いてみる。

「王家には、たくさん、わたす？　ない、おこられる？」

「いや、その辺はあまりうるさくないよ。手に入れた石の、だいたい三割を納めればいいんだ。確認するのはザファルとクドラトだから、二人がよしと言えばよし。あ、三割、ってわかる？」

わかりますとも。私はうなずく。

「十こ、そしたら、三こ」

「そうそう。チヤは賢いね！」

彼は私の頭をぐりぐり撫《な》でてから、軽く首を傾《かし》げた。

「チヤはしゃべるのが苦手みたいだから、あまり教育を受けてないのかと思っていたんだけど、計算はできるし挨拶《あいさつ》もきちんとしてる。獣人《ドストラー》は気まぐれなところがあるのが普通だけど、あまりそういうのもないし。なんだか不思議だな」

トゥルガンの言葉に、私は考える。

今、私が大人の人間なんだと訴《うった》えたら、彼は信じてくれるだろうか……？

なんと答えようか迷いながらホールに出た瞬間。

「たっだいまぁー」

いきなり陽気な声がかかった。軍服姿のナフィーサが荒野側から帰ってきたのだ。

昨日からヤジナに遊びに行ってたんだけど……あれっ、酔ってる⁉

トゥルガンが笑う。

「お帰り。ヤジナで飲んできたの？」

「そうよぉ、幸せー。このためにお仕事頑張ってるんだもーん。あ、チヤも癒《いや》しよぉ」

ナフィーサは私の頬《ほお》を両手で挟んでぐにぐにし、額に額をこつんと当てる。それで満足したのか
「じゃーねー」とご機嫌で自室に引き上げた。

「ナフィーしゃ、幸せ。お酒いいなー」

私も初めてのお給料貰《もら》ったら、三年ぶりに飲みに行くのもいいなと思う。それなのにトゥルガンが言った。

「うらやましい？　チヤは、もう少し大きくなったらね」

この世界では十五、六歳くらいからお酒を飲むようになるのが普通だ。やはり、私は外見通り十歳くらいだと思われているらしい。

翌朝、食事の席で、ザファル隊長が声をかけてくれた。

「順調みたいだな、お嬢ちゃん。昨夜の記録を見たぞ」

「はい」

私は返事をする。

さぼったりなんかしない、ちゃんと働くよ。バルラスさんのお屋敷での私は、猫獣人《ムシュク・ドストラー》であることにすっかり甘えていてダメダメだったから、今度こそ、ちゃんと！

そうやって私が『大人の人間』であることを信じてもらえるようになるんだ。

「今日は、俺とナフィーサとクドラトはダラに下りる」

隊長はそう言いながら、食事を終えて立ち上がる。そして私の頭をポンポン叩いて「夕方には戻るから、いい子にしてろよ」と食堂を出ていった。

すっかり子ども扱いだなぁ。

そう思いながら私は隊長に声をかける。

「お気をつけて」

「チヤは片言の割に、言葉や仕草が優雅よね」

ナフィーサがお茶を飲みながら、私をじーっと見つめた。

「ほんとに、お嬢さん、って感じ」

「ナフィーしゃ、は、おねえさん、みたい」

たどたどしく言うと、彼女は「うふふ」と色っぽく笑って立ち上がり、「言いにくかったら、適当に呼んでいいわよ」と言って食堂を出ていった。

こちらの丁寧な挨拶《あいさつ》の言葉は、アルさんのところでかなり覚えた。

『チャコ、バルラスさまをお送りする時は、こういう風に言うのよ』とアルさんも他の使用人さんたちも、色々教えてくれたのだ。

でも、ひっそりと暮らしていた彼女たちのことをペラペラしゃべるのもどうかと思う。今後、誰に挨拶を教わったのかを聞かれずに済むよう、私は少し自分の言動に用心しようと決めた。


隊長たちがダラに下りる時に、私も訓練のためゴンドラ発着場までついていった。

滑車《かっしゃ》の側面も籠《かご》も、錆《さび》が浮いているけれど、手入れをしているからかまだきちんと動く。小屋の中のモーターを動かすと、ゴンドラは静かに下りていった。下の発着場付近もモーター小屋があり、昇降操作自体は籠《かご》の中でもできるようになっているらしい。

籠《かご》には屋根がついていないので、三人の姿が上から見えた。

長斧《ながおの》を担《かつ》いだ隊長は、相変わらず袖《そで》なしの変な軍服姿だ。赤いサッシュベルトが、遠くに行っても目立つ。その横に立つローブ姿のクドラトは、弓を持っている。そして、かっちりした黒の上着とスカート姿のナフィーサは、なんと両方の腰に刀を佩《は》いていた。刀は二本共、刃がカーブしているタイプだ。

うわぁ、まるでゲームみたい。獣人と魔法使いと女戦士がパーティを組んで、廃墟《はいきょ》となった地下迷宮に宝物を探しに下りていくんだ。

岩棚にうつ伏せに寝そべり、ダラに頭を突き出して、シッポをゆらゆらさせながら下を見る。

手すりなんかついてないから落ちたら死んじゃう、気をつけないと……あ、でも、道がジグザグしてるところがあるし突き出ている岩棚もあるから、そうそう下までは落ちないか。

ゴンドラは、突き出た岩を一部えぐって、かなり下まで行けるように作ってあるようだ。

歩いて行くとどのくらいかかるのかな、と発着所の横の道を視線でたどると、少し下りたところに二階建ての建物があった。

何に使われていた建物だろう……？

まあいいや、あそこは私の守備範囲じゃない。自分の仕事をきっちりやろう。

私は自分の訓練に頭を切り替え、岩壁に向かい、どこに手足をかけて上るか考え始めた。


夕方になって、一行が帰ってきた。

「おかえりにゃさい」

岩棚にいた私は、モーターが動き出した音に気づき、ゴンドラ発着所まで下りて出迎える。

ナフィーサが軽い動作で籠《かご》の縁《ふち》に手をかけて飛び下り、駆け寄ってきて私の頭を撫《な》でる。

「ただいまっ、あたしの癒《いや》し！　ねぇチヤ、こんなの見たことある？」

彼女は後ろに回していた手を、前に出す。

手のひらには、すごく大きな呪《まじな》い石が載っていた。子どもの拳《こぶし》くらいの大きさがある。

持たせてもらうと、ずっしりと重い。

「大きい！　重い！」

感嘆の声をあげると、隊長が言った。

「でかい奴を倒してきたんだ。ある程度の時間、谷の深いところで暮らして妖気を吸ったり、他の妖魔《ようま》を食いまくったりすると、こうなる。なかなかの大きさだろ」

「隊長ってば、石を取り出しながら『これだけ大きい石だと、チヤがびっくりするぞ』なんて言ったのよ。うふふ、お父さんみたいよね」

ナフィーサが笑うと、隊長が眉を上げる。

「たった今、チヤにいそいそと駆け寄って石を見せたのは、どこのどいつだ⁉ 久しぶりに姪《めい》っ子に会ったおばさんみたいに」

私にとってはおばさんというより、『ねえさん』という感じだけれど……。隊長の言葉を聞いたナフィーサは彼にくってかかる。

「なんで母じゃなくておば⁉ あたしがこの年で所帯持ってないからってイヤミかしらっ⁉」

「あー、いや……すまん」

「謝らないでよ、そこで！」

「言っておくが俺も所帯持ってねぇぞ⁉」

ギャーギャーとやり合う隊長とナフィーサ。それとは対照的に、クドラトはクールだ。

「この大きさがあれば、かなり役に立ちますね。呪術の研究に使わず、売ったとしても相当な額ですよ。妖魔《ようま》に狙われないうちに、急いで砦《とりで》に戻らなければ」

そう言って、砦《とりで》の方に上っていく。

私は、手にものすごく危険で高価な宝石を持っているような気分になった。

「か、返す。大事！」

両手で石を捧《ささ》げ持って、ナフィーサにお返しする。

傷でもつけたら大変だ！

「あら、ふふ、大丈夫よぉ」

私に気をつかわせまいとしてか、ナフィーサは片手でひょい、と石を受け取った。

その手が、滑った。

「あ」

石は、岩の角《かど》に当たって、おかしな角度でダラの方へ飛び出す。

「あーっ!!」

私とナフィーサは同時に大声を上げて、身を峡谷《きょうこく》に乗り出した。

「ちょ、お前ら何を、え？」

道を上りかけていた隊長がパッとこちらに駆け寄り、ナフィーサの上着と私のシッポをつかんで谷に落ちないように引っ張る。

石は二、三度跳ねてから、二階建ての建物の屋根に落ちた。屋根に傾斜はなく真っ平なので、石は蔦《つた》の生い茂ったところで止まる。

「ご、ご、ご、ごめんにゃさい！」

動揺して叫ぶと、ナフィーサも首をぶんぶんと横に振った。

「ちが、あたしがちゃんと受け取らなかったたし！」

「こんな場所で石を取り出すのが悪い」

隊長は呆《あき》れた声だ。

でも、ナフィーサは私に大きな石を見せてくれようとして、だから……

「取ってくる！」

私は少し下の坂道に飛び下り、そこからさらに下の坂に飛び下りた。

あわてて、ナフィーサと隊長が追ってくる。

「待てチヤ、俺たちも行くから！」

私は「あっ、はい」と自分にブレーキをかける。

そうだ、大きな妖魔《ようま》が出たらまずい。

二人が追いつくのを待って、一緒に坂道を下りる。

建物の窓は、鎧戸《よろいど》が壊れて落ちていた。中を覗《のぞ》いてみると、壊れた細長い机がずらりと並んでいる。そして、壁には黒板があった。

「教室？」

「そう。ここは呪術師たちの学舎《がくしゃ》だった」

隊長が言いながら、出入口の横を指さした。そこには、錆《さ》びた金属のプレートがはまっている。

「えっと……緑？　の……『緑の学《まな》び舎《や》』？」

文字を読むのが苦手な私だけど、かろうじて読めた。

「んー、どうやって上ろう」

ナフィーサの声に顔を上げると、彼女はいつの間にか建物の中に入り、二階の窓から顔を出して上の方を見ている。ということは、屋上に出られるような階段などはないのだろう。

「私、行く」

急いで申し出る。

猫だもん、高いところに上るのは得意だ。

どこか足場さえあれば、外から屋根までジャンプで行ける……って、あれ？　足場が近くにない。

その時、隊長の声がした。

「チヤ、ほれ」

隊長は外壁のすぐ横に立って、軽く腰を落とし、両手の指を組み合わせている。どうやら、私を屋根まで飛ばしてくれようとしているらしい。

おおっ。で、できるかな？

私は早速、軽く助走をつけて隊長に駆け寄ると、その両手に片足をかけてジャンプの体勢に入った。同時に、彼の両手にグッと力が入り、私の足を跳ね上げてくれる。

私のジャンプ力に隊長の力が加わり、私は楽々、学舎《がくしゃ》の屋根に下り立った。

うっほー、気持ちいい！　忍者みたい！

「猫獣人《ムシュク・ドストラー》はこういうとこがいいわねー」

ナフィーサが感心している。でも正直、隊長くらいパワーがあれば、私にジャンプ力がなくてもブン投げてもらえそうな気もした。

私はエヘへと彼女に笑いかけると、屋根の上を歩き出す。端《はし》っこの蔦《つた》の上に赤い石が光っている。

「あったか？」

隊長の声に、私は「あった！」と答えながら屈《かが》み込んだ。

石を拾い上げようとして蔦《つた》の下に何かがあるのに気づく。

手で、蔦《つた》をよけてみた。

錆《さ》びかけた鍵が一つ、落ちている。私はハッと息を呑んだ。

この鍵って……⁉

私は屋上から下りると、石と一緒に鍵を隊長に渡す。

「学生の、荷物入れの鍵だな」

彼は『四《トルト》』と数字の書かれたその鍵の形に、見覚えがあるらしい。

「この呪《まじな》い石みたいに、学生が岩棚から屋上に落としちまったのかもな」

私と隊長は建物の中に入った。地下に続く階段がある。どうやら、この建物はフロアが三つあるようだ。

中はにおいがこもっていて、カビと錆《さび》の他にも何か不思議なにおいが感じられる。

「呪術に使う香や染料のにおいが、いまだに残ってるな」

隊長がつぶやいた。

なるほど、呪術の材料か。さすがは犬獣人《イート・ドストラー》、鼻が利《き》く。

錆《さ》びたロッカーが廊下に並んでいた。ほとんどの扉が開いていたけど、いくつか閉まったままのものがある。

「学生の荷物入れだったから、呪術の研究的に価値のあるものが出てくる可能性は低いし、無理に扉を壊してまで開けてなかったの」

ナフィーサが教えてくれる。

隊長が四《トルト》と書かれたロッカーに鍵を入れ、きしむ扉を開けた。

「お、開いた」

ロッカーの中には、本と服が一枚入っていた。本は変色し、服は虫食いのシミだらけでボロボロだ。

「これは、教本みたいだな。一応回収して、クドラトに中身を確認してもらおう」

隊長は巾着《きんちゃく》型の大きな袋を取り出し、中身を全て入れた。

「さて、帰るか。……まあ、こういうことがあるから、石は砦《とりで》に着いてから出すようにしろよ、ナフィーサ」

「はい。気をつけます」

ナフィーサはピシッと立って、反省の意を示した。

三人で、学舎《がくしゃ》を出る。

私はちょっと振り返った後、すぐに隊長たちを追いかけた。

夜中はいつも通り、岩棚で歩哨《ほしょう》に立つ。今夜はウサギツネを二匹、仕留めた。

そういえば、学舎《がくしゃ》に行った時は妖魔《ようま》と出くわさなかった。妖魔《ようま》が元々出にくいか、出ても小さいのしか来ない場所なんだろう。

それならば、ちょっとやってみたいことがある。

夜明け直前、小妖魔《しょうようま》が上がってこない時間まで待って、私は一人でこっそりダラに下りた。素早く学舎《がくしゃ》に近づく。

建物の中に入ると、独特のにおいが私を包んだ。夜目《よめ》が利《き》くので、視界は問題ない。

私は早足でロッカーの場所まで行くと、胸元から首に紐《ひも》でぶら下げていたものを取り出した。

それは、鍵だった。でも、昼間屋上で見つけたものではない。

これは、私がお屋敷で飼われていた頃に、アルさんがくれた首輪についていたものだ。

野良《のら》ドストラーではない印として、何かしら首輪はつけておかないと危険らしい。でも、金属の重い首輪じゃ可哀想だとアルさんが言って、小さな宝石が二つとこの鍵のついたチョーカーをつけることになった。首輪っぽくなくて、レトロなアクセサリーみたいでとても可愛い。その鍵には『二《ビア》』と番号が入っている。

なんの鍵かアルさんに聞いたことがあったけど、意外な答えが返ってきた。

『私にもわからないの。私、七歳前後のことを全然覚えてないのよ。きっと、その頃に使っていた鍵だと思う』

それより昔のことは割と覚えてるのに、変ね、とアルさんは笑っていた。

まあ、子どもの頃のことだし、そういうこともあるかもしれない。私だって、小学校低学年くらいの時の記憶なんてほとんどないもん。だからといって、幼稚園の頃のことを全く覚えていないわけじゃないし。

それはともかく、チョーカーをつけたままお屋敷を出た私は、旅費が必要だったので、一番近くの町ウルマンの質屋で宝石だけをお金に換えた。

そして、鍵はアルさんに貰《もら》った大事なものだから、なくさないように紐《ひも》をつけて首にかけていたんだ。

その鍵が、学舎《がくしゃ》の屋上で見つけた『四《トルト》』の鍵とそっくりだった。書かれている数字の書体も同じだ。

アルさんはもしかしたら、子どもの頃、ダラにいたんじゃないだろうか。ヤジナの孤児院で育って、その後でダラの学舎《がくしゃ》に入学したのかもしれない。

でも、ダラのことをアルさんの口から一言も聞いたことがなかった。

ダラのことは忘れてしまったってこと？　それとも、あえて言わなかっただけ？　……どういうことだろう。

この『一《ビア》』の鍵でロッカーを開けてみよう。何かわかるかもしれない。私はそう思った。

隊長に相談してもよかったのかもしれないけど、そうすると結局、アルさんたちについてしゃべることになる。ペラペラしゃべることはすまいと決めたばかりだ。

私は一番端《はし》のロッカーの鍵穴に鍵を差し込んで、ゆっくりとひねった。

ガチャッ。ギィッ、ときしむ扉を開く。

ロッカーの中には、折り畳まれた紙が一枚だけ、入っていた。

私は、急いでそれを服の中にしまい、学舎《がくしゃ》を出る。

ゴンドラ発着所まで戻った時、カーン、カーン、と朝食の合図の鐘が鳴った。小走りに砦《とりで》まで戻ると、朝が来たのでホールの扉が開いていて、ちょうど鐘を鳴らし終わったトゥルガンと目が合った。

「あれ、チヤ、こんな時間まで仕事？」

「はい。おなかすいた」

私は何食わぬ顔でホールに入る。

「すぐにおいで、もう用意できるから」

「はい！」

トゥルガンの横をすり抜けた時、「チヤ？」と呼び止められた。

「何？」

「……あ、いや、なんでもないよ」

トゥルガンは笑って手を上げた。

なんなの？　隠しごとがある身としてはびっくりするじゃん……

私はドキドキしながら自室に戻った。鎧戸《よろいど》を開けて部屋に光を入れ、服の中に隠していた紙をベッドの上に出す。

折り畳まれた紙を開いてみると、地図が現れた。

一番上に、子どもっぽい手書きの文字で『探検地図』と書かれたそれは、どうやらこのダラの地図らしい。一部シミができて見えない部分もあるけど、建造物以外にもたくさんの文字が書き込まれていた。

私は思わず、くすっと笑ってしまった。

これを作ったのは、子供の頃のアルさんだろう。文字に面影《おもかげ》がある。

やっぱり彼女は、ダラにいたんだ。ダラの中をあちこち探検して回って、こんなのを作ったんだなぁ。『ここ怒られた！』なんて書き込みがあるのは、立ち入り禁止のところに入って見つかったのかも、ふふっ。

アルさんに会えたら、この地図を見ながら色々お話しできるのに。

……おっといけない、朝食、朝食。これは後でゆっくり見よう。

私は地図を寝具の下に隠し、急いで部屋を出た。

翌日。その日は、全員が砦《とりで》にいた。

隊長は、隊長室でダラの調査結果をまとめている。定期的に報告書を王国軍本部に出さないといけないのだそうだ。

一人でやるのかー、大変そうだ。隊長を補助するような人っていないのかなぁ。

ナフィーサは荒野側にある井戸のそばで自分の刀を砥《と》いでいる。武器の手入れが好きなんだそうだ。

金属製の武器を使うのは隊長とナフィーサくらいで、それぞれ自分で手入れをしている。でも、ナフィーサは隊長が不器用すぎて見ていられず、自分の刀のついでに彼の斧《おの》も砥《と》ぐことがあるとか。正直、隊長は色々な点で不器用だってことが、私にもわかってきた。

クドラトは、ダラに下りない時は研究に没頭している。彼の部屋の前を通ると、たまにお香みたいなにおいがすることがあって、何をしてるのかちょっと覗《のぞ》きたくなる。

そしてトゥルガンは、いつも忙しい。彼は寮母さんみたいなもので、料理や掃除、倉庫の管理などを一手に引き受けている。

そこで私は昼食の後、廊下を掃除していたトゥルガンに、掃除を代わると申し出た。ネズミ捕《と》り以外で私に手伝えそうなのは、家事くらいだからだ。

「チヤはちゃんと夜に仕事してるし、訓練もしてるんだから、気をつかわなくていいんだよ。しっかり休んで」

トゥルガンはそう言うけど、廊下と階段を掃くだけなのでなんてことはない。

「サッサ、するだけ」

彼が持っているほうきを軽く引っ張ると、トゥルガンはニコリとして手を離した。

「じゃあ、頼もうかな。二階とか階段は正直しんどくて、たまにしか掃除してなかったんだ」

ん？　今の言い回しって……

「トルガン、どこかいたい？」

名前が言いづらくて、「トゥルガン」が「トルガン」と舌ったらずな呼び方になってしまった。

「あ、言ってなかったっけ？　インギロージャの時、妖魔《ようま》の大群とやり合ってメタメタにされた後遺症で、たまにあちこち痛むことがあってね。いやー、見た目は治ってるけど、あの時はこっちはえぐれるしこの辺は折れるしで色男が台無しだったよ」

彼は身体のあちこちを指さし、最後にちょっと斜めに立ってポーズをつけて、わざとセクシーに胸元を開いて見せた。

顔や腕以外に胸にも、傷がある……

一瞬、手のひらに熱い血の感触が蘇《よみがえ》った。

あふれる血を止めようとして彼女の胸を押さえたけど、止まらなくて。腕の中で、温かな身体が力を失っていく、その感覚。

「戦うのは無理になったけど、料理は好きだから今の仕事も悪くな……チヤ？」

ハッと我に返る。

トゥルガンが眉をひそめ、軽く屈《かが》み込んで私の顔を見ていた。

「ごめん。見せなくていいもん見せた。本当にごめん」

謝るトゥルガンに、私は急いで首を横に振り、笑みを作る。

「生きてる、よかった。私、トルガンの料理、好き。毎日楽しみ！」

「チヤー、いい子だなぁ」

トゥルガンが目尻を下げて、私の頭をぐしゃぐしゃっと撫《な》でた。

頭を撫《な》でられるのは、嫌いじゃない。私は大人の女として扱われるよりも、もしかしたら少し、子ども扱いで甘やかされたいのかもしれない。

子どもの姿でよかった、なんて、ちらりと思ってしまった。……これって、ずるいかな？

そんなことを考える私を余所《よそ》に、トゥルガンは続ける。

「まあ、そんなわけで、俺は犬獣人《イート・ドストラー》だけど変身にはもう身体がついていかなくなっちゃって。人間の姿のままずっと過ごしてるし、たぶん死ぬまでこの姿だと思うよ」

その時、ふと彼が窓の外に視線を移した。私もつられてそちらを見る。

緩やかに隆起する荒野を馬に乗ってこちらに走ってくる人が、三人。

誰だろう？

「あ。やっべ」

トゥルガンはつぶやくと、言った。

「チヤ、お客さんだ。掃除は後。ちょっと来て」

彼は私を倉庫に案内すると、何やら服を出してきた。

「申請してた支給品が届いてたんだった、間に合ってよかった。これチヤのだから、着て」

受け取り、ぴらりと片手で開いてみる。

深緑色の服に飾《かざ》り紐《ひも》……

あっ、軍服だ！　私の軍服！

私は自室に駆け戻り、ドキドキしながらその服をベッドに広げてみた。

ケープみたいな形の上着は、隊長やナフィーサの軍服と色が違うけど、胸の真ん中に数本の飾《かざ》り紐《ひも》が渡してある。それに、布を何枚かはぎ合わせた膝上丈《ひざうえたけ》の同色のスカート。下に着るのは白のシャツと、黒の短パンだ。私みたいなタイプの獣人《ドストラー》は膝《ひざ》から下がフカフカしてるので、長いズボンじゃない方が助かる。

短パンは、前と同じように後ろも開くようになっていて、ジッパーじゃなくてボタンでとめる。私は軽くシッポを立てながらそれを穿《は》き、後ろの窓からシッポを出した。シャツの裾《すそ》を押し込み、上着とスカートを身につける。スカートの後ろにスリットがあり、シッポを上げてもスカートがめくれ上がらないつくりだ。靴は必要ない。

部屋を出て食堂へ行くとナフィーサがいて、私を見ていきなりデレッとした表情になった。

「やあん、可愛い！　獣人《ドストラー》の女の子の軍服なんてあるんだ！　え、どうなってるの見せて！」

ちょっとナフィーサねえさん、スカートめくらないでください。

「そりゃあるよ、伝令とか諜報《ちょうほう》で女の子の獣人《ドストラー》使ってる部隊もあるからね」

トゥルガンの声がしたので振り返ると、トゥルガンも黒の軍服を着ている！

隊長みたいに袖《そで》を落としたりはしていない、きっちりした感じで、いつもと全然雰囲気が違う。

「トルガン、かっこいい！」

「え、ほんと？　やったー」

一瞬デレッとなったトゥルガンが、またすぐに表情を引きしめて早口で説明する。

「ええとね、チヤ。お客さんは軍のヤジナ支部の偉いさんで、今、隊長室でザファルとクドラトと話してる。定期的に視察に来るんだけど、今回は珍しく抜き打ちだ。たぶん新人が入ったからだろ

うね。軍服着てちゃんとしてるとこ見せないと」

なるほど、了解です。

「大丈夫よ、偉い人たちがお帰りになる時に、あたしと並んで顔だけ見せれば。こういう新人が入りましたって、わかればいいの」

ナフィーサが教えてくれた。やっぱりなんだか、『ねえさん』って感じだ。

時間を見計らい、ナフィーサ、トゥルガンと三人でホールで待っていると、やがて北翼側の階段から、三人の人物が下りてきた。

先頭の人は三十代後半から四十代前半くらい、頭を剃《そ》っている厳格そうな男性。胸につけた勲《くん》章《しょう》らしきバッジは、隊長より数が多い。二番目の人も同じくらいの年で、眠そうな顔が印象的な軍服の男性だ。一番後ろにいたのは呪術師らしく、クドラトみたいなローブを着た女性だった。切れ長の目の美人で、目の縁《ふち》に入った赤い模様《もよう》が鮮《あざ》やかに映《は》える白い肌をしている。

三人は全員人間みたい。

後ろからザファル隊長とクドラトが下りてきて、ホールに並んで立っている私たちの隣に並んだ。三人と私たちは向かい合う。呪術師さんが私たちの顔に視線を走らせ、隊長とトゥルガンの方を見てうっすら微笑んだ。

頭がつるつるの人が、軽く胸を反らして口を開く。

「妖魔《ようま》をダラに封じ、ヤジナの平和を守るこの部隊の働きには、国王陛下からも労《ねぎら》いのお言葉をいただいている。また、諸君らが持ち帰る資料は、呪術師の研究の貴重な一助となるものである」

おお、これは激励ってやつかな。特に新人の私に聞かせようと？

私は気をつけの姿勢のまま、それを聞く。

「重要な職務を拝命していることを忘れず、今後も励《はげ》むように！」

先頭の人が言い終えると、三人は玄関扉の方へスッと向きを変えて足を踏み出した。

真っ直ぐ立ったまま隊長たちが動かないので、私もそうする。おそらく、上官が出ていくまでこうやって立っているのが礼儀なんだろう。

ここの部隊、あまり軍隊らしくないなと思ってたけど、こうしていると軍隊《それ》っぽい。

その時、三人の真ん中の人が、軽く屈《かが》んだ。

小さな灰色のものが、シュッ、と私の視界に飛び込み、ホールの床を走り抜けていく！

反射的に、私はそれに飛びついて押さえ込んだ。

硬い感触。

……え？　ネズミのねじ巻きオモチャ……？

くくっ、という変な声が聞こえたのでそっちを見ると、真ん中の人の肩が揺れていた。こちらを見て、笑いを含んだ声で言う。

「お土産《みやげ》」

先頭の人もちらりと私を見る。口元は笑いの形だ。呪術師さんだけは全くの無関心。

三人はすぐにスタスタと出ていった。オモチャを拾い上げた私が呆然《ぼうぜん》と見送るうちに、外に出て厩《うまや》の方に折れ、姿が見えなくなる。

私は、からかわれた怒りと、ビシッとしてなきゃいけない時にネズミを追いかけ回した恥ずかしさとで、カッ、と顔が熱くなるのを感じた。

「チヤ」

ハッと振り返ると、直立不動を解いた隊長が無表情で片手を出していた。

私は恐《おそ》る恐《おそ》る、オモチャをザファル隊長に渡す。

謝ろうとしたところで、隊長が「んがあっ」と叫んだ。

「あいつら獣人《ドストラー》に命令できない鬱憤《うっぷん》をチヤで晴らしやがって！」

バキィ、とオモチャが握りつぶされる。ひええっ。

「クドラトッ、なんか術飛ばせ！　あいつらのケツに犬《イート》のシッポ生やしてやれ！」

「嫌ですよ。私がやったとバレない手があるなら考えますけど」

クドラト、それってバレなきゃやってもいいと……？

「次に来た時、事故に見せかけてダラに落とすのはどお？」

ナフィーサまで、物騒な！

私はつっかえつっかえ、隊長に尋ねる。

「ヤ、ヤジナの軍の人も、獣人《ドストラー》、きらい？」

ハーッ、と大きくため息をついてから、隊長はようやくいつものニヒルな笑みを浮かべた。

「いや、嫌われてるのは俺個人だよ。お嬢ちゃんはとばっちりでからかわれたんだ、悪いな」

「えらい人、隊長、きらい？」

「ヤジナの部隊は、インギロージャの直後は俺たちを指揮下に入れ、ここを掌握《しょうあく》しようとしたんだ。生き残った強力な呪術師たちに恩を売れるからな。けど、ダラはあいつらの手には負えず、妖魔《ようま》にやられ放題。王都からの増援部隊の前でいいとこを見せられないまま獣人《ドストラー》の俺に指揮権を奪われたんで、恥をかかされたと思ってるんだよ」

トゥルガンが隊長の肩に手を乗せる。

「王国軍の上官の目の前でザファルがでかいのを一匹仕留めて、その功績で昇進、ヤジナの指揮官の階級を上回り、特殊部隊として独立して隊長に就任！　っていう鮮《あざ》やかな逆転劇だったよ。今はあっちの方が階級が上だけど、当時命を救われたこともあるしね」

……なるほどなぁ。それで、偉そうにはしたいけど口出しまではできないんだ。

この部隊の立ち位置が、だいぶわかった気がする。

「ここに視察に来るのも、自分の方が立場が上だって忘れるな！　っていう確認作業だよ」

トゥルガンの言葉に、ナフィーサがうなずく。

「そ。これでしばらく来ないから、安心して、チヤ」

「そういうことだ。さて、仕事に戻るぞ」

隊長が、パンと手を叩いた。

トゥルガンは厨房《ちゅうぼう》へ、ナフィーサは「おつかれー」と武器庫の方に消え、クドラトはすでにいない。私も掃除の続きをするべく、北翼二階に行った。

置きっぱなしだったほうきを手に取る。

ざっ、ざっ、と掃きながら、心を空っぽにしようとした。けど、うまくいかない。

手を止めて、目を擦《こす》った。

「お嬢ちゃん」

突然、声をかけられ、ハッと振り向く。

隊長が私を見て、軽く目を見開いた。

「どうしたお前。背中は丸いわ、シッポ垂れてるわ」

「……だ……だって」

目元が熱くなる。

「……はずかしい、私、変。なんでっ」

さっきのオモチャの一件がショックで、私は耐えきれずに涙をこぼしてしまった。

みんながちゃんと直立不動してる前で、ネズミを追っかけ回すなんて！

隊長は目をごしごし擦《こす》っている私をじっと見つめてから、口を開いた。

「お前……もしかして、人間――」

えっ。

期待で涙が引っ込んだ。隊長が続ける。

「――と同じように育てられたのか？」

私は内心、ずっこけた。

「いや、獣人《ドストラー》が人間と異なる行動を取るのは当たり前だろ。それを、泣くほど恥と感じて、しょんぼりしてるってのがな。キシャーッと怒るならわかるが」

ええと……？　猫がネズミを追うのを恥じる方がおかしいってこと？　確かに、本能だからしょうがないとも言えるけど、ただの猫じゃなくて獣人《ドストラー》なんだから人の部分もあって、恥ずかしいと感じるのは当たり前なんじゃ……あれ？　違うの？

「わ、わからにゃい」

正直に言うと、隊長は頭をかく。

「そりゃそうか、チヤがどう育ってきたのかはともかく、チヤにとっては恥ずかしいと感じるのが『普通』だってことなんだもんな。俺が繊細《せんさい》じゃないから恥だと思わないのかもしれん。まあとにかく、恥じるより怒れ怒れ！」

隊長はワルそうな笑みを浮かべた。

「『アタシは普段から妖魔《ようま》を狩ってるんだから、余計な仕事させせんな』ってな」

「にゃふっ」

つい、笑ってしまう。

そうか、そうだよ。私は小さい妖魔《ようま》を狩るために雇われたんだから、さっきみたいな小さいのを見たら、すぐ狩ってしかるべきだ。もしオモチャじゃなくて、本物の妖魔《ようま》だったらどうするのさ。恥ずかしいからって、本能を抑え込んで手を出さない方が、よほどダメかもしれない。これだけ仕事ができる獣人《ドストラー》ですよ、って見せつけたんだと思うことにしよう！

「隊長、ありがと」

私は彼を見上げてお礼を言った。

それはともかく、隊長はなんで私のところに来たんだ？

「私に用事、あった？」

「おお、そうだ」

隊長は右の拳《こぶし》を左の手のひらにポンと乗せ、それから右手で私の頭を撫《な》でた。

「お嬢ちゃん、軍服似合ってるぞ！　ますます特殊部隊の一員らしくなった！」

そして、「じゃな」と隊長室の方へ戻っていった。

……それだけかい！

思わず噴き出す。ちょっと嬉しくて、私はずいぶん気が楽になった。


それから何日か経《た》った。小妖魔《しょうようま》狩りをするうちに、私はふとあることを思いついて、試したくなった。

獣人《ドストラー》になってから、私は少しだけ好戦的になった気がする。『戦う』ことに興味が出てきたのだ。

猫の本能だろうか。その気持ちに、逆《さか》らえなかったのだ。

真夜中。外壁の出っ張りの陰で、私は妖魔《ようま》が上ってくるのを待っていた。

スカートのポケットに左手を入れ、中のものを手の中で転がす。

やがて、ダラの縁《ふち》からわき出るようにして、ウサギツネが一匹外壁に近づいてきた。たたっ、と外壁を駆け上ろうとして落ち、少しうろうろして、また挑戦する。

そこへ、もう一匹のウサギツネが現れて戦いになった。二匹はうなり声をあげて取っ組み合い、身体のやや大きい方がもう一匹の喉笛《のどぶえ》にかみついて勝った。

大きい方が小さい方を食べる音がする。そして、低く喉《のど》を鳴らしたと思うと、そのウサギツネは一回り大きくなった。

私は腰のベルトから抜いたナイフを右手に持ったまま、ポケットから左手を出すと、手の中のものをそっと、ウサギツネのそばに投げた。

呪《まじな》い石だ。ヤジナの森で、私が初めて狩ったウサギツネの体内から取り出した、小さな石。

石は、コーン、コン、コロロと岩棚の上を転がり、ウサギツネの足元で止まる。

ウサギツネは、すぐにそれに気づいた。ためらいなく石に飛びつき、かみ砕《くだ》き、呑み込む。

身体が、さらに一回り大きくなる。

それを見届けてから、私はそいつに飛びかかった。

二周り大きくなったウサギツネを倒すと、ナイフで石を取り出した。月明かりにかざしてみる。

「……やっぱり」

赤く透《す》き通ったその石は、今まで私が狩ったものからでてきた中で一番大きかった。

つまり、大きい石が欲しければ、石をわざと妖魔に食べさせればいいんだ。そうすれば、その分、妖魔《ようま》の体内で石は大きくなる……

私は、大きくなった石を手のひらの上で転がした。

翌日も、私は壁の出っ張りの陰に潜《ひそ》んで妖魔《ようま》を待っていた。

もう一回くらい、石を大きくしてみたいけど、連日大きい石をゲットしたら怪しまれるよね。今夜はやめておこう。

少し寒いので、部屋から持ち出した毛布を背中にかけ、『伏せ』をした。

猫獣人《ムシュク・ドストラー》になってから、以前より寒がりになっちゃった気がする。今の季節は秋、これからどんどん寒くなると思うと憂鬱《ゆううつ》だ。この国はかなり乾燥してるので、雪はほとんど降らないけど。

『伏せ』の姿勢をしていると、自分の腕枕が気持ちいいんだぁ、ふわっふわで。本物の猫だと顔にも毛が生えてるけど、獣人《ドストラー》には生えてないから、頬《ほお》にダイレクトに……にゃふーん。

自分の毛に酔っているうちに、小さめのウサギツネが岩棚に上がってきた。後ろ足で立ち上がり、鼻をひくつかせている。倉庫にある石のにおいを感じ取っているんだろう。

しかし、急にそのウサギツネは毛を逆立《さかだ》てたかと思うと、岩棚の端《はし》まで走って、ダラに下りていってしまった。

なんだろう、と思うのと、私がそれに気づくのと、どちらが先だっただろうか。

ウサギツネが逃げたのと反対側の岩棚に、いつの間にか黒いものがうずくまっていた。

目が赤く光り、白い呼気を吐いている。そして、額の中央に皮膚を破って突き出た呪《まじな》い石があった。

ぱっ、と月明かりに飛び出してきたそいつは、ガリガリに痩《や》せこけたイノシシのような姿の妖魔《ようま》だ。鋭い牙《きば》、足は熊そっくりで爪がある。頭の位置は、私の肩くらいだ。

そいつはすでに私に気づいていた。

壁を背にしたこの位置だと、飛びかかられたら逃げられない。

私は静かに毛布を肩から滑り落とすと、出っ張りの陰から飛び出した。

岩棚の縁《ふち》ギリギリでジャンプをし、痩《や》せイノシシを飛び越えて距離を取る。すぐにそいつは向きを変え、私に向かって突進してきた。

私はもう一度ジャンプし、砦《とりで》の窓枠を足場にして軽く跳ねると、両足を揃《そろ》えて痩《や》せイノシシを踏みつけるように着地した。地面に叩《たた》きつけられた痩《や》せイノシシは、ギャイッと声をあげる。

私はすかさずナイフを構えた。けれど、相手は意外とがっちりした身体をひねり前足を振り回す。

うわっ、爪、鋭い。

あわてて飛び退《すさ》る。

まずはこの爪、どうにかしないと。

最初に隠れていた物陰まで後退すると、痩《や》せイノシシは追いすがってきた。

私は両手でつかんだものを、ぶわっ、と広げる。

「オーレッ!」

痩《や》せイノシシが目の前に広がった毛布を、右前足で払いのけた。爪に毛布が引っかかる。イノシシが何度も足を振った。

その間に私はもう一度、窓枠を蹴って飛び上がり、敵にナイフを突き立てた。

「ふう……」

動かなくなった痩《や》せイノシシを見下ろし、私は額の汗を拭《ふ》く。

遭遇《そうぐう》した瞬間、倒せるとは思ったけど、ちょっとビビったわ。ちょっとだけね！　だってこんな大きさのが上ってくるとか聞いてないし！　隊長、どういうこと!?

その時、突然、もう一つの気配が背後に出現した。大きい。

びくっ、と振り向いて、私は再び反射的に身構えた。

岩棚の隅《すみ》に巨大な影が潜《ひそ》んでいたのだ。

一瞬、毛が逆立《さかだ》ち背筋が凍る。

こんなでかいの、無理。太刀《たち》打《う》ちできない！

影が動いた、かと思うと、いきなりこっちへ飛び出してきた。

毛並みが月光にきらめく。青灰色《せいかいしょく》の、美しい大きな犬だ。

ゴオッ、と犬は私の横をすり抜けた。

風が渦巻《うずま》いて、私の身体は一瞬連れていかれそうになる。振り向くと、犬が月明かりの中、その鋭い牙《きば》でウサギツネを一匹仕留めたところだった。

ウサギツネいたんだ、気づかなかった……

犬は獲物をその場に残し、ぐるっと向きを変えて私の方を振り向いた。ふっさりした尾が、その動きに合わせて宙を滑る。

大きな口が開いた。

「俺だ、俺」

青灰色《せいかいしょく》の犬は普通に、人間の言葉をしゃべった。

「た、隊長？」

ようやくそれに気づいて、私はがくっと身体の力を抜く。

また『オレオレ』だよこの人。変身した姿、初めて見るのに。

隊長は近づいてくると、ニヤリと歯を剥《む》き出して、言った。

「試験、お疲れさん」

は？　試験？

「やっぱ、足場を使って上を取れるのは猫獣人《ムシュク・ドストラー》の強みだよなー」

近づいてくる犬《イート》の姿の隊長は、とても綺麗で迫力がある。四つ足だけど、二本足で立っている私とほとんど目の高さが変わらない。瞳は黄色のような、緑のような、不思議な色。

はっとして、私は謝る。

「あ、あのっ、毛布、ごめんにゃさい」

「はは、ビリビリだな、仕方ない。一緒にトゥルガンに怒られてやるよ、半分は俺の責任だしな」

は？

「昼間、このヨーボイを生《い》け捕《ど》りにしておいて、今夜チヤにけしかけたのは俺だからさ」

……はああ??

私が口をパクパクさせていると、隊長はまたニヤリと笑う。

牙《きば》、怖っ。

「お嬢ちゃん、昨日、石をウサギツネ《トゥクヨン》に食わせてただろ」

げっ。バレてた。

「二階の窓から見えるからなぁ。新人のお前が何か困ってないか、たまに覗《のぞ》いてた」

そうだった、隊長は犬獣人《イート・ドストラー》だもん。猫《ムシュク》ほどじゃないけど夜目《よめ》が利《き》くんだった。

「えと……その……」

「石を食わせるのは、実はクドラトがたまにやる。自分の呪術に使う、大きめの石が欲しい時だな。でも、せいぜい今のヨーボイくらいの大きさの妖魔《ようま》までにしか食わせないし、俺とナフィーサがいる時にしかやらない。不慮《ふりょ》の事態が起こると困るから、お嬢ちゃんも一人の時はやめとけ」

「はい……ごめんにゃさい」

耳を垂らしてもう一度謝ると、隊長は私の頭に、ずしん、と自分の頭を乗せた。

うへえ。頭ポンポンの代わりですか？

「チヤ、石を取れ。ヨーボイとウサギツネ《トゥクヨン》」

隊長に言われ、私はイノシシとウサギツネから、ナイフを使って石を取り出した。

イノシシはヨーボイというらしい。覚えた。

すると隊長は軽く頭を振って言う。

「それはお前が取っとけ。でかいの倒したご褒美だ」

「あ、ありがと」

私はぺこりと頭を下げる。隊長はまたニヤリとして、今度は頭を軽くダラの方へ振った。

「なあ、チヤ。今度、もうちょっと下りてみるか?」

「えっ、ダ、ダラを?」

隊長は瞬《まばた》きをする。

「そう。ずいぶん慣れてきたようだし、呪《まじな》い石と妖魔《ようま》の関係についても研究熱心で賢い。試しにイノシシ《ヨーボイ》の相手をさせてみたら、余裕で倒す。ダラに入っても大丈夫だと、俺は判断した」

そ、それでわざとイノシシを……!? あっ、それでさっき『試験』って言ったのか!

「知っての通り、うちの部隊は妖魔《ようま》を倒すだけじゃなく、ダラの遺物を持ち帰るのも仕事だ。が、あちこち崩れてるから、お前みたいに身体の小さい奴じゃないと入れない場所がかなりある。そういう場所を手伝ってもらえると助かるんだ。どうだ? いきなり深くまでは行かせないし、俺のそばにいれば守ってやるからさ」

どきっ。うわ、男の人に「守ってやる」なんて言われちゃった。

「ま、すぐに決めなくてもいい、考えといてくれ。じゃあな、お疲れ」

隊長は尾をふわりとなびかせながら向きを変え、離れていった。

見ていると、岩棚の隅《すみ》からダラに突き出した背の高い岩に飛び移り、そこから歩廊《ほろう》へとジャンプして、砦《とりで》に戻っていく。

ホールの扉を内側から開ければ岩棚との行き来は簡単だけど、そうすると妖魔《ようま》が入りこんじゃうから、わざわざ犬《イート》の姿で岩を伝ってきたのだろう。

ダラに下りる、か……

隊長、最初に出会った時は私を強引に連れてきたくせに、今回はあまり強くは言わなかったな。それだけ、ダラに下りるということは危険なことなんだろう。

それでも、私はみんなと一緒に行ってみたいと思い始めていた。本来の目的を忘れたわけではないけれど、ここの生活は思った以上に楽しく、自分が必要とされていると実感できた。

せっかくなので、皆の役に立ちたい。

私もそろそろ部屋に戻るべく、壁の出っ張りを利用していったん歩廊《ほろう》まで上がった。そこで振り返り、ダラの方に視線を落とす。

不思議だな。どうしても下りなければいけない理由なんてないのに、なぜか、ダラに惹《ひ》かれる。

巨大な廃墟《はいきょ》の自然と人工のバランスが、不思議な魅力で私を惹《ひ》きつけるのだ……

隊長に言われたことを考えながら、自室に入る。

朝食まで猫らしくゴロゴロしていようと思ったんだけど、ダラに行くかもしれないと思ったら、興奮して落ち着かない。

私はまた、ふらりと廊下に出た。

そろそろトゥルガンが起き出す頃だから、食事の支度でも手伝おうか。部隊全員の胃袋をがっちりつかんでいるスーパーシェフの、技を盗みたい。見学させてもらおっと。

厨房《ちゅうぼう》は、食材を搬入する都合上、中央部から割と離れている。てくてくと廊下を歩いていくと、かすかな話し声が聞こえた。

あれ、誰か来てる?

「チヤを下に連れてくって？」

いきなり自分の名前が聞こえ、私はぎょっとして立ち止まる。

猫獣人《ムシュク・ドストラー》の特技は、隠密《おんみつ》行動だ。

私はそっと厨房《ちゅうぼう》に近づき、耳をピッと立てた。

「まずは、第一陸橋《りっきょう》までな。大丈夫だ、チヤは外見に似合わず思慮深い。ちゃんと俺の言うことを聞くし、無茶もしないだろう。それを見極めての話だ」

ゆったりとした隊長の声。それに、心配そうなトゥルガンの声が答える。

「確かに俺も、チヤは賢い子だと思うけど……やっぱり小さな女の子にはきつすぎないか？　いや、あのくらいの子がもう立派に働けるのは知ってるけど、ダラに下りるのは……」

「お前の言いたいこともわかる。あの時、大勢死んだからな」

どくん、と、心臓がはねる。

大勢死んだっていうのは、きっとインギロージャのことだ。

トゥルガンの声は沈む。

「今でも、考える。あの時どうしていれば、もっと助けられたのかって。爆発の後、ダラの様子を確認してからじゃなく、すぐに学生の寮に駆けつけてれば、妖魔《ようま》の群れに先を越されることは……。学生で助かったのが、学舎《がくしゃ》に居残りしていた数人だけだなんて」

「チヤより小さい子もいたもんな。俺も覚えてる、会えばみんな挨拶《あいさつ》してくれた。……トゥルガン」

隊長の声が、初めて聞く真剣さを帯《お》びる。

「あの子らのためにも、やっぱりなんとかして、ファルハドの館までたどり着きたい」

『ファルハドの館』……？

「あんな下まで連れていくつもりか!?」

「手前まででいいんだ。チヤしか上れない場所が数ヶ所ある。ロープを張らせるか、クドラトと協力して呪《まじな》いの仕掛けを運ばせるかすれば、あそこまでの道が開けると思う」

「もしかして、チヤを部隊に誘ったのはそのためなのか？」

「……俺は何度も、ダラの深部まで行ってあの辺を調査してる。ちっこいのに手を貸させりゃ館まで行けるかもしれないとは、前から思ってた。お前が反対すると思ったから言わなかったけどな。もちろん、チヤは道さえ開けたらそれ以上は進ませない。俺とナフィーサとクドラトでやる。……お前の望みも俺と同じはずだ、トゥルガン」

「………………」

トゥルガンは少しの間、黙り込んだ。けれど、すぐに小さな笑い声を出す。

「ナフィーサは、そこまでは行かないだろ。『死んだらお金は使えないでしょお?』ってな」

「名言だ」

隊長も笑う。

やがて、トゥルガンは穏《おだ》やかな声で言った。

「チヤには十分、気をつけてやってくれ。少しずつ慣らさないと、ダラは厳しい」

「わかってる」

私はそっと、その場を離れた。

部屋に戻り、寝具の下からアルさんの地図を取り出す。

「『ファルハドの館』……」

トゥルガンの言った通り、峡谷《きょうこく》の最深部に『ファルハドのやかた』と書き込んであった。『このへん』と書いてあるのを見ると、アルさん自身は行ったことがなかったのかもしれない。

『学生で助かったのが、学舎《がくしゃ》に居残りしていた数人だけ』というトゥルガンの話から察するに、図書館の爆発の直後に、妖魔《ようま》の群れが学生の寮を襲ったらしい。それまでは妖魔《ようま》などいなかったそうだから、急に大量発生したことになる。

アルさんはその当時、どこにいたんだろう？

そう考えた時、私は気がついた。

アルさんは、ヤジナの話をしてくれたのに、ダラについては全く口にしなかった。それに、鍵のことを覚えていなかったのだ。

もしかして、アルさんはインギロージャの時、ダラにいて、その恐《おそ》ろしい経験から記憶を失ったのではないだろうか。

違ったとしても、アルさんがここにいたことがあるなら、知り合いが大勢いたはずだ。その人たちが命を落としている。

隊長は、『あの子らのためにも、やっぱりなんとかして、ファルハドの館までたどり着きたい』

と言った。館に行くことが、どんな風に死者のためになるのかはわからない。でも、アルさんと関係があるのかもしれないと思ったら、隊長やトゥルガンの気持ちが私にも理解できる。

だから、協力することにしよう。

こんなちっぽけな、猫の手でもよろしければ。


朝食の後で、私は隊長室まで行った。

「決めたのか？」

大きな木の机の向こうで、私を見つめる隊長。

私は元気よく答える。

「はい。私、行きたい」

隊長は「おっ」と笑って立ち上がり、手を伸ばして私の頭を撫《な》でた。

「やる気十分だな。助かるよ。じゃあ次回、連れていくぞ」

私は胸を高鳴らせながら、うなずいた。

第二章　罠からの生還　～瞑想所《めいそうじょ》の音楽とトロッコ駅の妖魔《ようま》～

いよいよ、学舎《がくしゃ》より下、ダラの深部に行く日がやってきた。

「ナイフは持ってるな？　籠手《こて》はしっくりくるか？」

砦《とりで》のホールで、私はザファル隊長の最終チェックを受けている。

私は「はい」と腕を上げて見せた。

部隊の備品だという金属製の籠手《こて》は、手の甲から肘関節《ひじかんせつ》の手前くらいまでを覆《おお》っている。私の場合、敏捷性《びんしょうせい》や柔軟性を損なわないことが大事なので、身体に防具などはなるべくつけず籠手《こて》を盾代わりに使うとよいのだそうだ。獣人《ドストラー》である隊長の意見なので、説得力がある。

もっとも、獣人《ドストラー》じゃなくたって、ダラみたいな場所では、ごつい装備は必要ないみたいだけどね。

「煙生草《えんせいそう》は？　水筒もあるな？　ロープは？」

はいはい、持ちましたよ。ハンカチにティッシュに遠足のしおりもね。

隊長が先生みたいなので、つい心の中で苦笑してしまう。

イカンイカン、気を引きしめないと。

ちなみに、煙生草《えんせいそう》はその名の通り、煙をたくさん出す草だ。面白くて不思議なことに、ぶちぶちと細かくちぎって揉《も》むと煙が出る。万が一、ダラで迷子になった時、居場所を知らせるために使う。

ウエストバッグを軽く叩《たた》いてみせると、隊長は「よし」とうなずいた。

「チヤ、よーく、よぉーく気をつけるんだよ」

トゥルガンが、ウエストバッグに油紙で包んだ軽食や保存食を入れてくれながら続ける。

「いざとなったら、ザファルを盾にするんだぞ？　ザファルを置《お》き餌《え》にしてもいいぞ？」

「そうそう、ってオイ」

隊長は突っ込んだものの、口調を改めた。

「しかし実際、一人で倒せそうにない奴に出くわしたら、チヤは下がってろ。デカいのを倒す時の、俺たちのやり方ってもんがある」

ナフィーサが横でウンウンとうなずき、クドラトもノーリアクションで聞いている。

この三人でダラを探ってきたんだもん、三人の呼吸があるよね。私は足手まといにならないように気をつけよう。

ナフィーサは今日も軍服に二本の曲刀《きょくとう》でかっこいい。膝《ひざ》まであるゴツめのブーツは、防具も兼ねてるのかな。

クドラトは間近で見ると結構大きな弓を背負っている。それなりに力がないと引けない感じだ。普段は部屋に引きこもっているけれど、彼は非力というわけじゃなさそう。

「よし、じゃあ出発」

隊長がホールを出る。私はトゥルガンに手を振ってから、後に続いた。

岩肌を這《は》う葛《つづら》折《お》りの道を学舎《がくしゃ》まで下り、いよいよその先に進む。

建物の陰になって上からは見えなかった景色が、姿を現した。

「橋……」

私はつぶやく。

隊長とトゥルガンの会話に出てきた、『第一陸橋《りっきょう》』だ。鉄橋で、砦《とりで》側と反対の山側をつないでいる。

第一ということは、第二もあるのだろう。

第一陸橋《りっきょう》を渡った先の岩棚からさらに下ったところに『巨人のランタン』が見えている。

「あの橋を渡るぞ」

隊長の声に「はい」と返事をすると、一番後ろにいるナフィーサが言った。

「この辺を歩くの、久しぶりだわー。最近はゴンドラで真っ直ぐ下りちゃってたから」

「ねーさんは、ここ、こわくない?」

「そうね、この辺は小妖魔《しょうようま》しか出ないから怖くないわね。ふふ、いいわぁ、その『ねーさん』って」

はっ。しまった。

心の中でねえさん、ねえさん言ってたら、ついそのままナフィーサをねーさんと呼んでいた。

「さ、後ろはねーさんに任せて、前見て」

ナフィーサは、嬉しそうに私に微笑む。

「はい」

私は前に向き直った。

ナフィーサと私の間にいるクドラトは、ひたすら黙っている。

元の姿に戻るためには、彼と仲よくなっておきたい。会話のきっかけが欲しい。

私は誰にともなく聞いてみる。

「あの……妖魔《ようま》、たくさんたおす、でも、いる。動物いない、妖魔《ようま》ならない。動物、ここ、まだまだいる？　どんどん生まれる？」

クドラトが返事してくれないかなーと思ったけど、答えたのは先頭の隊長だった。

「確かに、ダラから動物がいなくなれば、妖魔《ようま》が出ずに済むんだけどな。入ってきちまうんだ、この辺は穴だらけだから」

「あな？」

「昔ここが採石場だったって話はしたよな。岩壁のあちこちに坑道があって、都市の建設工事の時に作業員が使えるように、ダラの外まで掘ってつなげてある。入口を封鎖してはあるんだが、隙間《すきま》から入り込める小さな動物は止められない」

あぁ……なるほど。坑道から……

その時、ふっ、とフラッシュバックした景色があった。

暗い洞窟の中をさまよう、私。

一体、この風景はなんなんだろう？

そう考えている時、背後から、クドラトの声がした。

「穴からだけでなく、空からも来ますしね」

え、空？

クドラトの方に向き直りながら空を見上げた時、赤い光が突っ込んでくるのが見えた。

妖魔《ようま》⁉

すっ、とクドラトが背中の矢筒から矢を抜き、流れるように弓を引く。

ビシュッ、と空気を裂く音の後、短い鳴き声がして、私のすぐそばに真っ黒な塊《かたまり》が落ちてきた。

全身黒いけれど、カラスよりもフクロウに似ている。赤い目をしたその鳥は少しもがいて、すぐに動かなくなった。

「東の山脈は高すぎて、鳥類も越えてはこられないようですが、西のヤジナ側から入ってきます。ほとんどはダラの上の方で暮らしているので妖気の影響はありませんが、たまに下に行って妖魔《ようま》になり、上に戻ってくる。一度、妖気を取り込んだ動物は、さらに妖気を取り込みたがるので、ダラ自体の外に出ていくことはほとんどないのですがね。このボイグリーもそうでしょう」

クドラトは鳥から石を回収しながら説明してくれた。

ふむふむ、フクロウはボイグリー。

せっかく会話のきっかけができたので、私は続けて質問する。

「人間、獣人《ドストラー》、下に行く、平気？」

「インギロージャ以後、人間や獣人《ドストラー》など、人語を話す者が妖気の影響を受けたという報告はありません。『心を強く持つ生き物は、妖気をはねのけられるのだ』などと精神論を語る者もいますが、私は単に、人間と獣人《ドストラー》が脳内に妖気がたまりにくい種だからではないかと考えています」

フクロウの額を指さしながら、クドラトは続ける。

「呪《まじな》い石は、動物の頭骨に根を張ります。私の予想では、脳内に集まった妖気が頭骨から染み出て石になっているのではないかと……」

「それ、調べてる？」

「私がですか？　ええ、まあ気になることの一つですね」

なるほどなぁ。まあよかった、もし人間や獣人《ドストラー》まで妖気にやられちゃってたら、この国は今ごろ大変なことになっている。

それに、クドラトって、彼の研究分野に関することなら色々と会話してくれるみたいだ。何か思いついたら話を振ってみようっと。

やがて、陸橋《りっきょう》にたどり着いた。私たちは、ザファル隊長を先頭に、橋を渡り始めた。

蔦《つた》の絡《から》まった鉄の橋は、上から見た時の印象より幅も高さもあって、しっかりしている。橋には屋根があるので、やや薄暗く、隅《すみ》の方は苔《こけ》むしていた。

柱の間から、ダラの景色が見える。前方の坑道と思われる穴から白糸のような滝が落ちていて綺麗だ。

「……？」

私は足を止めた。するとナフィーサが尋ねてくる。

「どしたの、チヤ」

「今、何か」

私は錆《さ》びた鉄柱につかまって下を見た。

なんだろう、何か生き物の気配がしたんだけど……妖魔《ようま》？

キィ……キィキィ……

かすかに鳴き声がする。

「何か、下にいる。小さい。橋の下のぞく、いい？」

「よし」

隊長の許可を得て、私は柱の隙間《すきま》から出ると、橋と岩場を斜めにつなぐ鉄骨を足場にして下に潜《もぐ》り込んだ。

ナフィーサは橋の上に残って私の方を見、隊長とクドラトは先に渡り終えて、それぞれ妖魔《ようま》が出ても対処できる位置で待っている。

橋の下の暗がりに、動くものがあった。

赤い光は見えないから、たぶん妖魔《ようま》じゃない。

狭い鉄骨の間に身を滑り込ませてみると、そこにあったのは鳥の巣だった。その中で、たった一羽の雛《ひな》が弱々しく鳴いていた。

「さっき私が射た、フクロウ《ボイグリー》の子かもしれませんね」

私が巣ごと持ってきた雛《ひな》を見て、クドラトは淡々と言う。

さっきの鳥は真っ黒だったけど、この雛《ひな》は灰色で、羽根もまだ頼りなくふわふわしている。

「子は妖魔《ようま》ではありませんが、飛べないようです。ここに置いたままだと、いずれ死ぬでしょう」

そう言うクドラトに、ナフィーサがサクッと聞き返す。

「じゃ、食べる？」

「フクロウ《ボイグリー》はまずいぞ」

隊長が答えた。

「あの！」

私はナフィーサと隊長の会話に急いで口を挟んだ。

「ヤジナの森、連れてく、いい？　ダラ、出す」

もしかしたら、親はこの子のため、餌を探して谷に下り、妖気にやられたのかもしれない。

親が妖魔《ようま》になっちゃったにもかかわらず、この子はそうならずに済んだんだから、ダラから出してあげたいんですけど!?

隊長は肩をすくめて言った。

「そいつに、餌を食べる力が残っていればな。ダメなら置いていけ」

そこで、私たちは橋を渡り切ったところで昼休憩をとることにした。

ウエストバッグから、昼食の包みを出して開く。野菜のピクルスと何かの茹《ゆ》で肉をはさんだパンだ。

パンをちぎりかけて、私は手を止める。

フクロウに似てるってことは、猛禽類《もうきんるい》？　とすると、肉だ肉。

茹《ゆ》で肉の、スパイスがかかっていないところを少しちぎって、軽く噛《か》む。

雛《ひな》は真っ黒な目を私に向け、羽根を細かく震わせていた。

雛《ひな》の開いた口に、肉を突っ込む。少し指をついばまれたけれど、雛《ひな》はちゃんと、肉を呑み込んだ。

「おー、食べた。よっぽどあたしに食われたくなかったのね」

ナフィーサが言うので、私は笑いながらもう一口、肉を食べさせた。

喜んでいるのか、雛《ひな》が巣の中をよちよちと横移動する。

「ん？」

巣の中で何かがキラリと光った。

私は手を入れ、それを摘《つま》み上げる。

真鍮《しんちゅう》のような材質でできたそれはくすんだ金色で、まるでちっちゃなラッパみたいな形をしていた。長さは七センチくらい、ラッパの開いた側の直径が四センチってところだ。

私はそれに水筒の水を少しかけて手布《ハンカチ》でゴシゴシ拭《ふ》き、くわえて吹いてみた。でも、すかーっ、と空気がもれるだけ。笛ではないのか……

「他にも、いくつか入ってるわね。金属片とか、歯車とか」

ナフィーサが指先で巣の中のそれらをつついている。

「光るもの、好きな鳥？」

「かもね。集めたんじゃない？」

私とナフィーサが話していると、隊長が「おーい」と声をかけてくる。

「メシ食ったら行くぞ。餌を食ったなら、そいつは連れてってもいいから」

「はーい」

私は出発の支度をし、雛《ひな》に笑いかけた。

「元気なったら、森、行こ」

雛《ひな》は疲れたのか、うずくまって目を閉じていた。

今日、私たちが行くところくらいまでなら、それほど妖気の影響もないだろうとクドラトが言うので、私は巣を手に持ったまま、先に進む。

やがて、橋から見えた滝が近づいてきた。岸壁から突き出した大きな水車がある。

木と鉄板でできた水車は、止まっていた。

「さて、チヤ、出番だぞ」

隊長が足を止める。

おっ、いよいよですな。

「あそこ、見えるか」

隊長が指さしたのは、水車の中心あたりだ。大きな石が挟まっている。インギロージャで崩れた石が挟まって、水車が動かなくなったらしい。鉄骨が入り組んでいて、大人じゃ岩のところまで入れなさそうだけど、私なら行ける。

「石、取る」

私はフクロウの巣を岩棚の隅《すみ》に置くと、さっそく水車に近づこうとした。

「待て待て。いきなり石を取ったら、回り出した水車に巻き込まれるぞ」

おおぅ、そうか。死ぬところだった。

すると、クドラトが「チヤ、これを」と手を差し出した。

彼が持っていたのは、手のひら大の紙片《カード》だ。片面は黒一色、もう片面には赤いインクで梵字《ぼんじ》みたいな不思議な文字が書いてある。

「石に載せて、戻ってくるように。余計なことはしなくていいです」

「はい」

なんだかわからないけど、クドラトに了解の返事をする。

私はその紙の端《はし》をくわえると、今度こそ水車に向かった。ウエストバッグは邪魔になりそうなので外しておく。

岸壁につながった部分によじ上り、上から水車に近づいた。

苔《こけ》が生えているところがある。滑らないように気をつけないと。

ジャングルジムの要領で、水車の横から鉄骨の隙間《すきま》をくぐって石に近づいた。手を伸ばし、クドラトから貰《もら》った紙を石の上に載せる。

「のせた」

「では戻ってきなさい」

クドラトが言う。

私は身体をひねるようにして、元のルートをたどった。

身体にゴリゴリと鉄骨が当たる。私の体格でギリギリ通れる狭さだ。

私が無事に脱出したのを確認すると、クドラトが手の指を組み合わせた。一回、二回と組み替えて、三回目で組んだ手を水車に突き出す。

ビキッ、という鋭い音がして、石が割れた。

これも呪術？

バラバラッ、と砕《くだ》けた石が下に落ちるのと同時に、ギーイッ、という金属的なきしみ音が響く。

水車が息を吹き返したのだ。

「回った！」

私は嬉しくなって水車を眺《なが》める。

へへ、楽勝。でも、これを動かすと何かいいことあるのかな。

隊長、ナフィーサ、クドラトは、下を眺《なが》めている。私もクドラトの横に立って下を覗《のぞ》いた。

水車から下に向かって、何本かワイヤーが延びている。しばらくそれを見ていると、ワイヤーにつながった籠状《かごじょう》の乗り物が、ギィギィときしみながら谷底から上がってきた。

あっ、ゴンドラ！　ここにもあったんだ！

「ここのゴンドラは、水の力を利用して動かす作りだったんだ。下でぶっ壊れてるかと思ったが、無事みたいだな」

機嫌よく言う隊長。

「これで、ここからも下に行ける。動ける範囲が広がるよ、ありがとうなチヤ」

頭をポンポンと叩かれた。

褒められてまんざらでもない私だけど、ホントにあんな、猫の手に毛が生えた程度のお手伝いだったので恐縮です。

ゴンドラがきしむ音を立てながら、すぐそばまで上ってきた。

籠《かご》の上に木の枝が何本もかぶさっていて、中が見えない。

そこに、陽《ひ》の光が射《さ》し込んだ瞬間、チカッ、と、赤いものが光った。

「チヤ、下がれ！」

隊長の怒鳴り声と同時に、ゴンドラの籠《かご》から長いものが飛び出した。

いきなり何かに横殴りされ、吹っ飛んだ私は、岩棚を擦《こす》りながら止まる。

ズシン、とすぐそばに振動があった。私は急いで顔を上げる。

お、大きい。こんな大きい妖魔《ようま》が、ダラの底にはいるのか。

その妖魔《ようま》は、牛や馬くらい大きくて赤錆《あかさび》みたいな色をした、カメレオンのような生き物だった。

手足の指の先は丸く、背中が盛り上がり、両目がバラバラに動く。イボイボした皮膚の額から、わずかに呪《まじな》い石が突き出ており、尾は長い。私はこの尾にはじき飛ばされたらしい。

きっとこいつ、動かないゴンドラの籠《かご》を巣にしていたんだ。

カメレオンが間近に迫ってきていた。ピンクの舌がチロチロと出ている。

耳が勝手にぴったりと倒れ、身体がすくんで動かない。

不気味なカメレオンの両目が、私を捕《と》らえた。

その時、横からうなり声が聞こえた。

バッ、と黒と青灰色《せいかいしょく》の塊《かたまり》が横から飛び出してきて、カメレオンにぶつかる。

大きな犬《イート》……隊長？

彼は、軍服を着たまま変身している！

クドラトの冷静な呼び声でようやく身体が動くようになり、私はあわてて飛びすさった。

「チヤ」

すでに二本共、刀を抜いていたナフィーサが、私の前に立って構える。

カメレオンは隊長にはじき飛ばされてバウンドし、そこにナフィーサが走り込んだ。腹を薙《な》ぐようにして右手で一撃、回転して逆手《さかて》の左手で一撃を入れる。

キイッ、と高い声をあげたカメレオンが尾を振り回し、ナフィーサはすぐに距離を取った。

入れ替わって、また隊長がカメレオンの前に立つ。その口がぐわっと開き、声が発せられた。

「行くぞクドラト！」

よく見ると、隊長の軍服はサッシュベルトがふっ飛んでなくなっている。

前ボタンを開けたままサッシュベルトを巻いてたのは、服を着たまま変身した時のことを考えてたからだったんだ！

ブーツは脱いだみたいだけど、だぶっとしたズボンは犬《イート》の下半身にはちょうどいいサイズ。

隊長がもう一度、カメレオンに飛びかかった。ナフィーサのさっきの攻撃でやや動きが鈍《にぶ》くなったカメレオンは、起き上がりかけていたところを倒される。

弓を構えていたクドラトがすかさず矢を放った。

矢尻には紙片《カード》が一枚突き刺してあり、矢は紙片《カード》ごと、カメレオンの口の中に飛び込む。

カメレオンの体内で、ドン、とこもった衝撃音がした。

ビクン、とカメレオンが痙攣《けいれん》する。

サッと隊長が飛びのくと、カメレオンは意外なほど素早く起き上がって脇《わき》に向かって走り、岩壁に激突した。その喉《のど》を、ナフィーサが刀で突き刺す。

カメレオンは、動かなくなった。

「……は、はぁっ」

私は、緊張で震える喉《のど》で深呼吸する。

びっくりして、呼吸をするのを忘れてた。

するっ、と、なめらかな毛が私の腕に触れ、ぎょっとして手の方を見ると、隊長だった。

「チヤ、怪我《けが》は？」

「あ」

私は身体を確認した。

ケープと右の籠手《こて》の隙間《すきま》と、右腿《みぎもも》を擦《す》りむいて、血が伝っている。それくらいだ。

「だいじょぶ」

ウエストバッグから出した手布《ハンカチ》で傷を押さえると、クドラトが近づいてきて、私の傷のそばで指を組み合わせながら言った。

「止血だけしておきます。手当ては砦《とりで》で」

隊長が低くうなった。

「すまなかったな。ゴンドラの籠《かご》の中に妖魔《ようま》がいる可能性を考えるべきだった」

「い、いいえっ。……隊長、服、着たまま。やぶかないね」

言葉を探しながら言う。

明るい光の下で見ると、狼に似ている隊長は軽く首を傾《かし》げ、それから笑い声をあげた。

「ああ、うん。変身するたびに軍服破いてたんじゃ困るから、破かずに済むよう、袖《そで》を取っちまってんだ。腰は布巻いて挟んであるだけだし、他にも脇《わき》とかあちこち工夫してある」

なるほど。でも、だったら軍服なんて着なければいいじゃん。いくら大きめの軍服を工夫して着てるったって、他にもっとゆったりした服がいくらでも……

そんな私の考えを読んだように、隊長は言った。

「ダラに下りる時は必ず軍服を着てろよ。間違われないように」

へ？　誰に何と間違われるの？

聞こうとしたけど、石を取る作業を終えたナフィーサがこちらにやってきて、話しかけられた。

「チヤァ、びっくりしたでしょ、大丈夫？」

「だいじょぶ！」

隊長との会話は中断され、そのままになってしまう。

「この東ゴンドラは点検が必要だし、少しずつ調査しないとな。とにかく、今日は撤収」

そう言った隊長は、岩棚に落ちていた斧《おの》をくわえて陸橋《りっきょう》の方へ向きを変えた。ふさふさしたシッポが先導するように揺れる。

「え、隊長、もどるしない？　人間に？」

つぶやくと、ナフィーサが教えてくれる。

「この姿になると、一刻は人間の姿になれないんですって」

一刻って、二時間くらい戻れないんだ⁉　そうなると面倒だから、普段は変身しないのかな。

その時、キィキィ、という鳴き声がした。ハッと振り返ると、岩棚の隅《すみ》においた巣の中でフクロウの雛《ひな》がもぞもぞ動いている。無事でよかった。

「帰る、行こう」

私は声をかけながら、巣を両手で拾い上げた。

それにしても、と、歩きながら考える。

隊長とナフィーサとクドラト、三人のコンビネーションはさすがだった。

隊長が突っ込んで相手の体勢を崩し、ナフィーサが切り裂いてダメージを与える。それを繰り返し弱ったところに、クドラトが弓と呪術で攻撃し、ナフィーサがとどめを刺す。

一度隊長がクドラトに声をかけたくらいで、後は自然に互いの呼吸を合わせていた。

ここで「私も！」なんて手を出したら、かえって足を引っぱりそうだ。戦闘中は邪魔にならないようにおとなしくして、私は別のことで役に立てるよう頑張ろう。

砦《とりで》に戻ってきた隊長が犬《イート》の姿だったので、トゥルガンが仰天してホールから飛び出してきた。

「ザファルが変身するほど、でかいのが出たのか!?」

ナフィーサが両手を広げて答える。

「水車を動かして東のゴンドラを巻き上げたら、でかいのが籠《かご》に乗ってたのよー。可哀想に、チヤがぷるぷる震えちゃって」

「ふるえてにゃいっ。でも、びっくりした。あっ、トルガン、これ」

私は巣をトゥルガンに差し出した。彼は巣を覗《のぞ》き込む。

「フクロウ《ボイグリー》の雛《ひな》？　とにかくそれ持ってこっちにおいで、チヤ。まずは君の手当て！」

荒野側にある井戸に、トゥルガンと一緒に向かう。気がつくと、クドラトが後をついてきていた。

「止血を解きますよ」

クドラトが私の右半身側に右手をかざすと、右肘《みぎひじ》と右腿《みぎもも》の傷に赤い血が滲《にじ》み始める。

ああ、血は呪術で止まってただけだったんだ。

トゥルガンがざっと傷を洗ってくれる。

クドラトは左手に赤い小さな壷を持っていた。

「くすり？」と聞いてみたけど、言わなくてもわかるだろうという感じで、クドラトは黙ったまま壷のふたをとる。指先で薄黄色いとろっとしたものをすくって、私の傷口にさっと塗《ぬ》った。

「にぎゃあああああっ！」

しーみーるー！

びびびび、とシッポの根っこから先っぽまで毛が逆立《さかだ》ち、私はぷるぷるとうずくまった。

涙目で傷を見ると、血は止まっている。そして、すぐに痛みも軽くなった。

すごっ、速っ！

「さすが、呪術のかかった薬だねー」

トゥルガンが感心する。

よく見ると、薬の入った赤い壷は呪《まじな》い石を削って作られたもののようだ。きっと効能を強めるためだろう。

妖魔《ようま》が寄ってくるから、ダラに持っていくのは無理だろうけど、心強い。

クドラトは壷のふたを閉め、用は済んだとばかりに踵《きびす》を返してしまった。

ああっ、またほとんど話ができないまま、終わっちゃう！

あせった私は、とっさに思いついたことを口にした。

「あのっ、これ、妖魔《ようま》、使えるか？」

は？　という顔でクドラトが振り返り、トゥルガンもびっくりした声を出す。

「どういう意味？」

私は言葉を探した。

「妖魔《ようま》、殺さない。つかまえて、ねむる、させて、石、出す。くすりぬる、きず、治る。動物、もどる？」

つまり、手術して呪《まじな》い石を取りのぞいたら妖魔《ようま》は元の動物に戻るのか、と聞きたかったのだ。

すうっ、と、クドラトが目を細めた。

さっきまで面倒くさそうな顔をしていたのが、表情が消え能面のようになる。

「余計なことは考えない方がいいですよ。チヤの仕事は、妖魔《ようま》を倒し遺物を回収する手助けをすることです。自分の仕事に集中しなさい」

彼の視線に射すくめられ、私は固まってしまう。それを見て、クドラトは今度こそ、砦《とりで》の中に戻っていった。

「……なんか、すごいこと考えるね、チヤ」

トゥルガンの声で我に返った私は、あわてて笑った。

「あ、えへ、私、やりたいちがうよ？　思う、だけ」

「今日、雛《ひな》を助けたんだもんな。同じように、妖魔《ようま》になってしまった動物を助けたいと思ったの？」

にこりとトゥルガンは微笑み、そしてちょっと困ったように眉を八の字にした。

「でも、もしそういうことができるとしても、ちょっとキリがないかな。生きたまままつかまえるのも危険だし。残念だけど……」

そっか。ですよね。

「さあ、雛《ひな》の様子を見よう」

しゅんとなった私の背をトゥルガンが優しく叩く。連れだって厨房《ちゅうぼう》の方に行きながら、私はさっきのクドラトを思い返していた。

冷たい、目だった……

翌朝、トゥルガンが用意した餌をモリモリ食べて、フクロウの雛《ひな》はかなり元気になった。まだ飛べないので、床に下ろすと足で進む。

「あいつの鳴き声、チヤにだけ聞こえてることがあるよな」

朝食の時、隊長からそんな風に指摘された。

「こいつに気づいたのもチヤだったし。猫獣人《ムシュク・ドストラー》の耳にしか聞こえない鳴き方があるのかもな」

なるほどね。犬も猫も人よりずっと耳がいいそうだけど、中でも猫はかなりの音域が聞こえるという。

ちなみに、クドラトは全くのいつも通り。つまり、黙って食事していた。

クドラトに話しかけるきっかけをつかめないまま、食事を終え、私は部屋に戻る。

私の部屋は一階で、部屋の前の廊下に荒野に面した窓がある。その窓の外に一メートルほどの高さに木箱を積んだ。

廊下側から雛《ひな》を窓枠に下ろすと、外に出たい雛《ひな》は自分でタイミングを見て外へと飛び出し、木箱までの落差を翼をばさばさはばたかせながら落ちる。

この落差を少しずつ大きくしていけば、飛ぶ訓練に……ならないかなぁ。どうだろう。

「チーヤッ」

雛《ひな》を窓枠に下ろしていると窓の外に、ナフィーサが姿を現した。

「ねーさん」

「怪我《けが》、どう？」

「血、ない、いたい、ない。あらう、しみる、それだけ」

「そう、よかった。ねえねえ、明日あたり、ヤジナに行かない？」

えっ、ヤジナ？

「ダラで怖い目に遭《あ》ったんだし、ちょっと砦《とりで》から離れて気分転換。ね」

ナフィーサねえさんは、ばちこーんとウィンクする。

カメレオンには襲われたものの、隊長たちが全く危なげなく倒してくれた。別に、この仕事が嫌になったりはしていない。でも、彼女の気づかいは嬉しかった。

それに、なんだかんだでまだ一度も訪れていないヤジナの町に興味がある。

「行きたい！」

「ん、じゃあ隊長に許可貰《もら》いに行こ」

荒野に下り、地面をつついていた雛《ひな》を拾い上げ、ナフィーサは窓ごしに私に渡す。

「そういや、この子って名前決めたの？」

えっ？　そうか、名前、名前ね。考えてなかった。

飛べるようになったら森に放すつもりでいたから……ああ、でも放した後、森に会いに行って名前を呼んでみたいかも。反応してくれたら嬉しい。

何がいいかなぁ、と考えた時、ぽろっ、と口から日本語が出た。

「……先生」

「センセ？」

ナフィーサが首を傾《かし》げる。

あっ、つい。

雛《ひな》を見ていたら、眼鏡をかけたフクロウのキャラクターが頭の中に浮かんできたのだ。

そのフクロウは賢そうで、私の中ではいかにも『先生』っぽいイメージだった。

「変わった名前ねぇ、だけど不思議な響きで面白いわ」

ナフィーサが、雛《ひな》に話しかける。

「センセ、しっかり餌食べるのよ」

というわけで、フクロウの雛《ひな》の名前は『センセ』になった。


センセを部屋に戻してから、私とナフィーサは隊長室に向かう。

「ナフィーサ、お前、チヤをダシにして自分がヤジナに行きたいだけだろ！」

隊長室で、隊長は呆《あき》れ顔でそう言った。

ナフィーサを横目でじとーっと見ると、彼女は斜め上を見上げて舌を出している。

それを見て軽くため息をついた隊長が、続けた。

「まあ、初めてヤジナに行くチヤを一人で行かせるのもな……わかったよ、女同士で楽しんでこい」

「やった！」

指を鳴らすナフィーサ。

すると、隊長は机の引き出しから何かを出して、私とナフィーサの前にそれぞれ置いた。

小さな布袋……？

「今月の給料。ご苦労さん」

お給料！

「チヤはここでの初めての給料だな。ヤジナで好きに使ってこい」

「はい！　ありがと！」

私は両手で布袋を胸に押し当てて、お礼を言った。

アルさんとこのお屋敷では、贅沢《ぜいたく》はさせてもらったと思うけど、お給料を貰《もら》ったことはない。

こっちの世界に来てから初めてのお給料だ。

「いいお店たくさん知ってるわよー、案内したげる」

「チヤ、ナフィーサに言われるままに金を出すんじゃないぞ」

「ちょっと隊長、あたしがチヤにたかるみたいな言い方やめてよっ」

二人の会話に、私は笑い出してしまった。

それから私は一度部屋に戻り、センセを連れて厨房《ちゅうぼう》に向かう。

私がいない間のセンセのお世話をトゥルガンに頼むのだ。

「ホールの扉を閉めて、放しておくよ。あそこなら糞の掃除も簡単だし」

「お願い、します」

ぺこりと頭を下げてから、私はトゥルガンの腕にとまっているセンセに言い聞かせた。

「まだ飛べない、外、あぶない。ここ、いる、わかった？　センセ」

とたん、センセはひょい、と私の方へジャンプした。あわてて腕を出すと、そこにつかまる。

痛い痛い。小さいながらも爪が痛い。けど我慢。

センセは身体のバランスをとりながら、つぶらな瞳で首を傾《かし》げた。

「センセって名前にしたの？　名前を呼ばれたのがわかったんじゃない？」

トゥルガンが面白そうに言う。

ええ？

試しにセンセを床に下ろして少し離れ、呼んでみると、ちょこちょこと近寄ってくる。

うはっ、可愛い！

私がいない間にトゥルガンとも仲よくなってね。


翌日の朝、私とナフィーサはヤジナに出発した。

なんと、一泊の予定だ。

砦《とりで》にいる馬二頭のうち一頭に、私とナフィーサは二人乗りして、ヤジナに向かう。馬は隊長くらい大柄な人が平気で乗れるほどがっしりしているので、二人で乗っても大丈夫だ。

「あたしがヤジナに行きたいってのもあるけど、チヤに気分転換してほしいのは本当よ。そもそも、ウルマンからこっちに来て、一度もヤジナに行かないまま砦《とりで》にさらわれちゃったんでしょ？」

私を前に乗せて手綱《たづな》を握ったナフィーサが、以前隊長に担《かつ》がれた時にはショートカットしちゃった道を通り、馬を軽く走らせる。乗馬が初めての私はビクビクしながら、かろうじて答えた。

「い、行きたかった。だから、うれしい、です」

そんな私とナフィーサは、軍服を着ている。隊長曰《いわ》く、「色々と融通が利《き》くんで便利だぞ、軍服」とのこと。

どんな風に？　と不思議に思っていたけど、ヤジナに着いたらすぐにわかった。

町の入口の検問所で、軍服を着ている私たちはフリーパスだったのだ。ここでは軍人の地位がすごく高いらしい。

「な、なんか、悪い」

旅装の人たちがつくっている行列を横目に、先に通されたので、ちょっとズルをしたような気になる。

「その分、仕事を頑張ればいいのよ。あたしたちはこの町を守ってるんだから」

ナフィーサがにこりと笑った。

検問所の通路を抜けると、喧噪《けんそう》に包まれた。

目の前に真っ直ぐ伸びている道をたくさんの人々が行き交い、そんな人々に接触しそうになりながら大型の馬車が走っている。

道の両側に連《つら》なる建物は緑がかった石で作られ、細かい模様《もよう》が彫り込まれていて綺麗だ。

道の奥に大きな二階建ての建物が見えていて、そのさらに向こうには三階建ての建物ともっと高い塔《とう》があった。ヤジナは大きな町らしい。

歩きながら、ナフィーサは続ける。

「この町の人が獣人《ドストラー》に好意的なのは、ダラが研究都市だった頃からよ。都市の旧守護隊に、たくさんの獣人《ドストラー》が所属してたの。高低差がある都市だから、人間より動きやすかったのね。それに、都市を作った偉大な呪術師のファルハドも、獣人《ドストラー》を対等に扱ったというわ。それで、ファルハドを尊敬するヤジナの人たちも、同じようにしたのね」

ファルハド？　聞き覚えのある名前だ。

前に隊長とトゥルガンの会話を立ち聞きしちゃった時、隊長の口から出てきた。『ファ、ハ、ハド、館までたどり着きたい』って。アルさんの地図にもあった。ダラに都市を作った人だったんだ。

「ファルハド、ヤジナ、住んでた？　ダラ、住んでた？」

聞いてみると、ナフィーサは答える。

「ずっと北からやってきて、一度はヤジナに住んだけど、都市を建設してからはダラに住んだんだって。ダラのうんと深いところにその屋敷が残ってるはずよ、崩れてなければね。ファルハドが亡くなった後も、歴代のダラの市長がそこに住みながら管理してたって聞いているわ」

なるほど、そのお屋敷が『ファルハドの館』か。

「でもって、こないだ砦《とりで》に来た偉い人も言ってたけど、インギロージャで妖魔《ようま》が大量発生したのを旧守護隊が抑え込んだでしょ。もしそうできなかったら、ヤジナが妖魔《ようま》に襲われてたかもしれない。だから余計、ここの人たちは獣人《ドストラー》に好意的なの」

ナフィーサの説明で、色々納得する。

私がこの町で対等に扱ってもらえるのは、隊長やトゥルガン、それに、ほとんど亡くなってしまったらしい旧守護隊の隊員のおかげなんだ。もし、もっとたくさんの隊員が生き残っていたら、砦《とりで》は今よりもっと賑《にぎ》やかだっただろうに……と思うと、隊長やトゥルガンの寂しさが少しだけわかる気がする。

「って、全部隊長から聞いた話なんだけどね。あたしは特殊部隊に来てからまだ二年だから」

ナフィーサは肩をすくめる。

「なかなか人が増えないのよね。年齢的に無理で辞めた人もいるし、獣人《ドストラー》を訓練できる人が少ないから、チヤくらいまで訓練された若い獣人《ドストラー》は国境警備とか、他の重要拠点に回されちゃうし。人間の軍人は妖魔《ようま》を嫌がるしねぇ。あたしも物好きよね」

「ねーさん、妖魔《ようま》、こわい言わない。獣人《ドストラー》、きらい言わない。強い。ええと、必要」

私は熱弁をふるった。

うまく言えないけど、人間でありながらこれほどダラの部隊に適した人もいない。人間が全くいないと、それはそれで困ることもあると思う。ナフィーサは、部隊に必要な人だ。

「やあねっ、褒めてもお金は出さないわよっ！」

私の頭をぐりぐり撫《な》でるナフィーサ。そんな彼女が、顔を上げて指さした。

「ほらチヤ、市場《いちば》が見えてきた」

私たちは円形の広場に出た。その中央に、巨大な円形の建物がある。入口があらゆる方向にたくさん作られていて、そこを人々が自由に出入りしていた。

ドキドキしながら中に入ると、ぶわっ、と色彩が広がる。出店《でみせ》がずらりと並んでいて、食べ物やら雑貨やら布やら、バラエティ豊かなものをたくさん売っていたのだ。

出店《でみせ》は円形に並んでいて、ところどころ店と店の間が広くとってあるところがあり、そこから奥に入るとまた出店《でみせ》が円になって並んでいる。二重になった出店《でみせ》の円を抜けて建物の真ん中に出ると、そこは一段高くなっていた。テーブルと椅子《いす》がたくさん置いてあり、食事をする人々で大賑《おおにぎ》わいだ。

「出店《でみせ》で買ったものをあそこで食べられるのよ。さっ、チヤ！　行くわよっ！」

「おー！」

私たちは連れだって、美味《おい》しいものを探して出店《でみせ》に突撃したのだった。


「うー、まだ、おなか、いっぱい」

私は椅子《いす》にもたれて、ため息をつく。

ここは、宿の二階の一室だ。二階建ての建物は石造りで、床は板張りの上に絨毯《じゅうたん》を敷き、棚は石の壁に彫り込まれている。雰囲気があってとても素敵だ。

市場《いちば》での昼食の後、町の観光に連れていってもらい、役所の建物や美術館、ファルハドがかつて暮らしていた家なんかを見て回ってから宿に入った。もう夕方、ずいぶん歩き回ったのに、お昼を食べすぎちゃったからちっともお腹がすかない。

それにしても疲れた。私みたいなチビの猫獣人《ムシュク・ドストラー》の軍人は珍しいみたいで、あっちでもこっちでも注目されてた気がして。好意的な視線ではあったけど、気にはなる。

くぁ、とあくびをした私を見て、ナフィーサが笑った。

「ふふ、チヤ、しばらく休む？　まだ夕飯なんて入らないでしょ。いつも、夕飯の後にすぐ寝て、夜中に起きるんだっけ？　もう少し夜になったら起こしてあげるから、ちょっと早めに今から寝たら？　その後に夕食にすればいいわ、下の食堂は遅くまでやってるから」

「ふぁい」

私はお言葉に甘えることにする。

すると、ナフィーサは荷物から私服を出して着替え始めた。

「ちょっと、知り合いの店で一杯、飲んでくるわ。そこ、軍人を嫌がる人がいるのよね」

シリンカ王国の女性は、白い立襟《たてえり》の長袖《ながそで》ワンピースの上に半袖《はんそで》のドレスガウンを着て、腰にサッシュベルトを結ぶ。

ナフィーサのガウンは濃紺《のうこん》の布に水色の糸で刺繍《ししゅう》が入った落ち着いたデザインだ。そのガウンの下からヒラリと見える足首までのワンピースは、裾《すそ》の繊維をわざとほぐしてふわっとさせてあり、素敵だった。

「じゃ、夜までゆっくりしてて。ちゃんと鍵かけてね」

ナフィーサはひらひらと手を振って、出ていった。

私は内鍵をかけると、軍服の上着とシャツ、それにスカートを脱いで椅子《いす》にかける。

細く開いた窓から外を眺《なが》めると、ナフィーサが町の南の路地に入っていくのが見えた。

私は下着姿でベッドにゴロンと横になると、目を閉じた。

長時間の乗馬の後で歩き回って疲れていたし、お腹もいっぱいだったけど、初めての場所なので眠りが浅かったらしい。少し眠っただけで、私は目を覚ました。

部屋の外は日が暮れたばかりで、まだうっすらと明るい。

どうしようかな。これからまた寝て起きるんじゃ、逆にしんどそう。そこそこ疲れは取れたし、また歩いてお腹をすかせてこようか。

ナフィーサはしばらく戻ってこないようなことを言っていたけど、一応伝言を残しておこう。

軍服を着て、部屋を出る。鍵を宿のおかみさんに預けて伝言を託《たく》し、外に出た。

宵《よい》の口の町は、あちこちにランプが灯《とも》って明るい。

とりあえず、ナフィーサが向かった南の路地に行って、適当なところまで見物したら戻ろう。ナフィーサがどこの店にいるかはわからないけど、途中で会えるかもしれないしね。

お店の戸口にはどこも看板が立てられていて、その上に真鍮《しんちゅう》のランプが吊るしてある。あちこちの小窓から煙が出ていて、肉の香ばしいにおいがした。笑い声や呼び込みの声が聞こえ、賑《にぎ》やかだ。

軍服の人もいる。きっとヤジナの部隊の人だろう。目が合ったので、あわてて小さく敬礼すると、向こうは面白そうな顔で敬礼を返してくれた。

呼びかけられたのは、その時だ。

「ねー！」

最初は私のことだと思わなくて、お店の装飾を眺《なが》めたりして通りすぎたんだけど、もう一度後ろから声がかかる。

「待って！　三色さん！」

……「三色さん」？

三毛《みけ》の私のことか！

びっくりして振り向くと、店の戸口からエプロンをした獣人《ドストラー》の男の子が顔を出している。

黒猫！　しかも私と同じ、人と動物の姿が交じったタイプ。

彼は私の顔を見るなり、ぱっと笑顔になった。

「やっぱり！　無事！　よかった！」

は⁉

私と外見年齢が同じくらいの黒猫くんは、自分と私を交互に指さしながら、勢い込んで言う。

「オレと君、この近くで、一緒につかまった。三年前」

えっ、三年前、一緒につかまってた⁉

三年前といえば、こっちに来たばかりの頃。

日本で竜巻《たつまき》に巻き込まれた後、バルラスさんのお屋敷で目覚めるまでの私の記憶はあいまいだ。

あんまり気にしてなかったけど、その間の私のことを彼は知っているのだろうか？

「君、売られた。オレ、その後、軍隊に助けてもらって、ヤジナに来た」

「わっ、私、チヤ。私、どこ、つかまった？」

「オレ、ヤジナに行く途中、つかまった。狩人《かりうど》、ヤジナに来る獣人《ドストラー》ねらう。君は、ええと」

あまり教育を受けられずに育ったらしい黒猫くんが、片言ながら一生懸命説明してくれる。その途中で、彼の後ろから今度は人間が顔を出した。

二十歳前後のホストっぽいイケメン。明るい茶色の髪で、黒猫くんと同じエプロンをしている。

「おっ、可愛い獣人《ドストラー》だな！　クオラ、彼女か？」

「違ー！　一緒、つかまってた子！　チヤ！　オレもこの子も無事、よかったーって！」

「そうだったのか」

イケメン氏は、少し表情を改める。

「俺はジャン。無事でよかったなぁお嬢ちゃん。獣人《ドストラー》が安心して住める町だってんで、うわさを聞いた獣人《ドストラー》がちらほらやってくるんだけど、それを狙った狩人《かりうど》がここ数年、町の周りをうろつくようになったんだ。ヤジナに入る前につかまえて、他の町で売り飛ばそうって。君もクオラも、そういう奴らにつかまったんだな」

「オレがつかまった後、チヤつかまってきた。狩人《かりうど》、拾いものだ、って言ってた。荒野にたおれてた、でも毛並みキレイ、売っちまえ、って」

クオラと呼ばれた黒猫くんが言う。

黒《クオラ》くん、か。

彼によると、こっちに来た時、私はヤジナの近くの荒野に倒れていたらしい。そこを狩人《かりうど》に拾われ、バルラスさんのお屋敷に売られたのだろう。

その後、軍隊によって狩人《かりうど》はつかまり、クオラは解放されてヤジナで働くようになった、と。

私はこの近くでつかまり、一度はこの地を離れたのに、アルさんからヤジナの話を聞いて戻ってきた。この土地には不思議な縁があるのかもしれない。

「チヤだっけ。今一人？　夕食は？　何か食べていきなよ、おまけするからさ」

ジャンが言ってくれたけど、ナフィーサとの約束がある私は、あわてて首を横に振る。

「ごめんにゃさい。そろそろ、宿、帰る」

「そっか。おっと、仕事仕事」

ジャンは奥から呼ばれ、急いで戻っていった。クオラはというと、まだちょっと話したそうだ。

「チヤ、軍服かっこいい。ヤジナ部隊……じゃない？」

襟元《えりもと》に例のVの字に似た所属部隊のマークが入ってるんだけど、彼はこのマークを知らないらしい。

「ダラの部隊」

「ダラ!?」

彼は目を丸くする。

「すげっ。妖魔《ようま》と戦う!?」

「私、小さいやつだけ」

あわててそう言ったけど、それでもすごいと思うらしくて、黒髪に緑の目の彼は「すげーすげー」を連発した。

そして、通りを大ざっぱに手で示しながら言う。

「この通り、初めて？　獣人《ドストラー》、たくさんいる店で、食事するのがいい。安全」

「安全？」

「たまに、獣人《ドストラー》きらい、いる」

ヤジナにもそういう人いるんだ。そりゃあいるか、ナフィーサの話では軍人が嫌いな人もいるらしいし。

その時、紺色のガウンが見えた。

ナフィーサだ。通りの奥から、こちらに向かって歩いてくる。

彼女は一人ではなく、年上の男の人と一緒だった。

男はがっしりした体型で、軍服は着ていないけれど、軍人かもしれない。そう思った時、その眠そうな顔に見覚えがあることに気づく。

あいつだ！　オモチャのネズミを走らせた奴！

二人は何か話しながら、私とクオラの前を通りすぎ、宿の方へ向かった。人が多いし、クオラの陰になっている私には気づかなかったみたい。

ナフィーサはあいつと知り合いなんだろうか？　こないだ砦《とりで》に彼らが来た時は、そんな素振りなかったけどな。まさか、彼氏だったりして。

ナフィーサの表情や態度は、隊長と話してる時と変わらない。偉い人でもあまりかしこまっていないようだ。

すぐに男の方は脇道《わきみち》へそれ、ナフィーサは一人で宿に向かう。

「クオラ、ありがと。もう、行く」

私が言うと、クオラはニカッと笑った。

「今度、お店来て」

「うん」

手を振ると、彼も手とシッポを振ってくれた。

ふふ、知り合いができちゃったよ。今度ヤジナに来たらここで食事しよう。

お店の扉の上に掲《かか》げられた看板を見ると、『エミンの輪』と書いてある。エミンが何かはわからないけど、お店の名前は覚えておこう。

私は人混みの中をするすると進み、宿の手前でナフィーサに追いついた。

「ねーさんっ」

「わっ、チヤ⁉」

かなり驚いた顔で、ナフィーサが振り返る。

「起きてたの？　一人で出かけたりして平気だった？」

「平気。近く、見てただけ。ねーさん、知り合い、会えた？」

「会えたわよー、元気そうだった」

あの男の件には特に触れず、ナフィーサは話を変える。

「チヤ、そろそろ少しはお腹すいた？」

「少し」

「じゃ、軽く食べよ」

私たちは宿の一階にある食堂に入った。

そして、メニューにスイーツがあるのを発見し、夕食とは別腹に入れたのだった。


ヤジナから砦《とりで》に戻った三日後。私は再び、ダラに下りることになった。

その前日に、一度隊長とクドラトとナフィーサの三人は、水車が動いて使えるようになった東のゴンドラで下りて調査している。

「あそこは、何度か通って調査する。チヤの仕事がありそうなら連れていくからな。今日はこっちだ」

隊長に言われ、私は南の出入口すぐ近くにあるゴンドラに乗ることになった。といっても、いきなり一番下まで行くわけではない。途中下車する。

ナフィーサがレバーを回し、ゴンドラは巨大な岩の出っ張りに開いた穴の中に下りていく。エレベーターのようだ。

岩を抜けた先の広い岩棚で、ナフィーサはゴンドラを停めた。すぐ近くに平屋の建物がある。

「病院だ」

隊長が教えてくれた。

私たちは扉の外れた玄関から中に入り、静かに石の廊下を歩く。

天井を木の根が割って這《は》っており、部屋の中には錆《さ》びた鉄枠だけが残った寝台がいくつも並んでいる。ある部屋では木でできた人体模型に蔦《つた》が絡《から》み、まるで縛られたようになっていた。

「チヤ、シッポの毛が逆立《さかだ》ってるわよ？」

ナフィーサに笑われる。

いや、廃病院という場所には独特の雰囲気があるから……

「あの一角、チヤが入れそうな隙間《すきま》があってな」

隊長に教えられたのは、落石で半分埋《う》まった部屋だった。入口は石でふさがっているけれど、その横に割れ目がある。確かに、私くらいしか入れなさそうな大きさだ。

そっと覗《のぞ》き込むと、中に赤い光が四つ。私より小さいイノシシの妖魔《ようま》が二匹、うろついていた。

クドラトがすっ、と私の隣に立つ。

「一撃目は私が」

彼はすでに、弓に矢をつがえていた。

数日前、妖魔《ようま》の手術について話した時は、拒絶されたように思えたけど、今はそんな感じはしない。そっけないのは相変わらずだけど、こうして助けてくれる。

仕事は仕事、ってことだろうか。

「ヤバそうなら戻ってこい」

隊長の言葉に「はい」とうなずくと、それを合図にクドラトが、割れ目から中へ矢を放った。

矢が手前の妖魔《ようま》に命中するのと同時に、私は頭から中に飛び込んだ。前転して起き上がった勢いで、奥の妖魔《ようま》を蹴り飛ばす。

吹っ飛んだ妖魔《ようま》はすぐに立ち上がったけど、その爪を振り上げる前に私が爪で顔を引っかいた。

ううっ、直接引っかくの、ちょっと苦手だ。

目をやられてのけぞる妖魔《ようま》の喉《のど》を、逆手《さかて》に持ったナイフで切り裂いた。

ナイフを振り抜いた勢いで、向きを変える。

左肩に矢が刺さった妖魔《ようま》が迫っていた。その肩の方に回り込み、つぶれかけの棚の上に飛び上がると、ナイフを構えて飛びかかる。

二匹の妖魔《ようま》が、床に骸《むくろ》をさらした。

ふぅ、と息をついて割れ目の方を振り返ると、外でもナフィーサがイノシシを一匹仕留めている。

戦闘終了、呪《まじな》い石を三個手に入れた！

「今日は俺の出番はねぇな」

隊長は機嫌よく、割れ目からこちらを覗《のぞ》いて言う。

「チヤ、あの奥の棚、開けてみてくれ」

私は奥に進んだ。

床にはピンセットみたいな道具や金属のトレイが散らばっていて、それを避けながら進むといくつかの棚があった。本棚のようにオープンな棚と扉のついた棚が一つずつある。

私は棚の扉を開けた。

中には、紐《ひも》で綴《と》じられた紙の束が二つ入っている。手に取ってみると、表紙に『診療日誌』と書かれていた。

割れ目を出て隊長に渡す。

「これ、参考になりそうじゃないか」

隊長がクドラトに差し出した。クドラトが受け取り、ぱらりと最初の方をめくる。

「そう、これ……こういうものがあるはずだと思っていたんです。ここの診療所には医師の他に呪術師も勤務していたので、その記録は貴重です」

おお、クドラトが欲しがってた資料だったんだ！　やったね。

隊長が私の頭をくしゃっと撫《な》でた。

「よくやったな、チヤ」

……なんか、私、日本で働くより、こっちで猫獣人《ムシュク・ドストラー》やっている方が人の役に立てるんじゃないだろうか。

一瞬、そんな風に思ってしまう。けれど、元々この能力は私の力じゃない。あの日、公園で出会った、子猫のものだ。

いつか元の姿に戻れたとして、その先、私はどうやって生きていくんだろう。

少し落ち込みながら、病院をしばらく探索した。

その後で、私たちは再びゴンドラに乗り込む。今度は隊長がレバーを持ち、籠《かご》はゆっくりと上って大岩に開けられた穴の中に入った。

隊長は大岩の途中でレバーを引く。

「ちょっと寄り道するぞ」

えっ？　と見回すと、なんと大岩に横穴が開いていた。来た時は気づかなかったけど、そこでも降りられるようだ。

隊長、私、クドラト、ナフィーサの順で籠《かご》から降り、その横穴の奥に向かった。ここはちょうど砦《とりで》の下あたりぐらいだろうか。

どこからか、水音がする。

……あれ？　私、こんな狭い洞窟を、歩いたことがなかったっけ？　気のせいかな。

既視感《きしかん》を覚えながら歩いていると、やがて上から光が射《さ》し込んでいる場所に出た。

くぼみのある岩棚がいくつも段になり、どこかから流れてきた水がそこにたまっては、流れ落ちている。水生植物のみずみずしい緑が鮮《あざ》やかにあふれ、睡蓮《すいれん》のような花も咲いていて、遥《はる》か上の岩の切れ目から射《さ》し込む陽光に浮かび上がっている。

「きれい」

私が思わず声をあげ、ため息をつくと、隊長が言った。

「隠者《いんじゃ》の庭だ」

隠者《いんじゃ》？

「だれ？」

「あのじいさん」

ぴっ、と指さす隊長。

まさか誰かいるとは思っていなくて、ぎょっとした私は、「にゃひっ!?」と毛を逆立《さかだ》てて隊長の後ろに隠れた。

ボロボロのローブを着た人物が、靄《もや》の中に立っていた。

その人が少し顔を上げると、しわだらけの顔に白っぽく濁《にご》った青い目が見える。こめかみから頬《ほお》にかけて、赤っぽい模様《もよう》を描いていた。

隊長は私を前に押し出し、肩をぽんぽんやりながら紹介する。

「じいさん、新入りだ。ほら、軍服着てるだろ。チヤだ、よろしくな」

「よ、よろしく」

頭を下げ、敬礼の方がいいかもと思い直し、あわてて敬礼する。

おじいさんが、濁《にご》った目で私をじっと見つめた。あんまり見つめるので、気まずくてつい目をそらしてしまう。

すると、奥の方、陰になった場所に、ごく小さな木の小屋が見えた。

え、あそこで暮らしてるの!? まさか、ダラに今も住人がいるとは!

「ダラに活気があった頃も、ほとんど瞑想《めいそう》して過ごしてるじいさんだったけど、インギロージャ後もここを離れようとしないんだ。無理に連れ出そうとすると呪術で抵抗するし、まあいいんじゃねぇかってことで。前から余所者《よそもの》嫌いで、ダラの研究資料が外に持ち出されるのを嫌がってたから、今でもここを見張ってるつもりなのかもな」

あっ。もしかして、前に間違われないように軍服着てろって言われたのは、この人がいるから?

ナフィーサが付け加える。

「ここなら大きい妖魔《ようま》は入って来れないし、何かあったらここに逃げ込むのよ、チヤ。ダラの部隊には好意的だそうだし、薬草育ててるから分けてもらえるしね」

「は、はい」

私はうなずく。

ああ、あの植物は薬草なんだ。もしかしたら、食事として食べられる野菜も育ててるのかも。

その時、ふいに、隠者《いんじゃ》が私に向かって手を伸ばした。

驚いて固まる私の胸の真ん中に、隠者《いんじゃ》は人差し指を突きつける。口がもぐもぐと動き、やがて一言、発した。

「……鍵……」

どくん、と、心臓が鳴る。

アルさんの鍵は、お守り代わりに首に下げ、軍服の内側に隠したままだ。

このおじいさん、まさか、見えてるの⁉

おじいさんはゆっくりと手を下ろし、再び私をじっと見ている。

私はぺこりと頭を下げ、後はナフィーサのそばまで下がっておとなしくしていた。

砦《とりで》に戻ると、トゥルガンがホールで「おかえり」と迎えてくれた。その肩に、センセがとまっている。

「センセ！」

呼びかけると、センセは真っ黒な目をくりっとさせて私を見て、おもむろに横歩きでトゥルガンの腕を下り始めた。

トゥルガンが軽く腕を上げ、私の肩の方に伸ばす。じわじわと、センセが私の方に向かって進む。

全員が黙ってそれを見守ってるのがおかしい。

センセが、よっこら、と私の肩に移った。毛繕《けづくろ》いを始めると、空気が緩む。

「慣れちまったなー。こりゃ、森に帰すのは難しいかもしれないぞ」

隊長が言う。

そう、かも。

「隠者《いんじゃ》に会えた？」

トゥルガンに聞かれ、私はドキッとしながら答える。

「はい」

「いつも夢の中にいるような人だけど、インギロージャ前からダラにいる俺やザファルのことは覚えてるみたいでさ。思い出したように、単語をぽろっと言うことがあるんだ」

「さっき、チヤを見て『鍵』って言ったのよ。あれ、なんだったのかしらね」

ナフィーサの言葉に「さあなぁ」「何か思い出したんだろうね」などと言いながら、一同は夕食まで解散になった。私はセンセを肩に乗せたまま、自室に引き上げる。

ウエストバッグと籠手《こて》を外し、どさっと寝台に座り込んで、ため息をついた。膝《ひざ》に下ろしたセンセの羽を撫《な》でてやると、センセは目を細める。

軍服の胸に手を当て、服の下の鍵に触れた。

……ザファル隊長とトゥルガンは、アルさんのことを知ってるかもしれない。私が彼女の話をすれば、懐《なつ》かしがるかも。

でも、言えない。だってアルさんは、もう……


翌日。隊長とナフィーサの二人が、東ゴンドラの調査に出ていった。今日はダラの浅い場所を調べるので、二人で大丈夫らしい。

クドラトは部屋に引きこもって、昨日私が廃病院から持ち出した診療日誌を読んでいる。朝食の時、「よほどの急用でない限り、邪魔しないように」って言っていた。

私は訓練のため、南のゴンドラの近くまで下りて、ナフィーサの真似をしてナイフを振ってみたり、ボルダリングしてみたりしてたんだけど……

しとしとと、雨が降り始めた。この国は雨が少ないので、恵みの雨だ。

濡れた岩が色を変え、景色が変わる。ダラの東の断崖絶壁《だんがいぜっぺき》は、けぶって見えなくなった。

雨で訓練中止、なんて甘えた状況、軍人にはあり得ないかもしれないと考えたけど、足を滑らせて怪我《けが》したらみんなに迷惑がかかるので、私はおとなしく砦《とりで》に戻ることにする。

そろそろお昼だし、トゥルガンのお手伝いをしよう。

いったん部屋に戻り、センセを肩に乗せて厨房《ちゅうぼう》に向かう。センセのご飯も貰《もら》わないといけない。

「トルガンー」

声をかけながら、厨房《ちゅうぼう》に入ったけど、誰もいなかった。

「……チヤ？」

弱々しい声がする。

びっくりして調理台を回り込むと、トゥルガンが白い顔をして長椅子《ながいす》に横になっていた。

「ど、どした⁉　いたい⁉　悪い⁉」

私はあわてて椅子《いす》のそばに屈《かが》み込む。トゥルガンは前髪をかき上げながら苦笑した。

「雨が降ると、古傷《ふるきず》が痛んでなぁ」

冗談っぽく年寄り臭い口調で言ってるけど、しんどそう。インギロージャの傷かな……

「ここ、かたいのダメ。寝台、行く」

こんな木の長椅子《ながいす》じゃ、ゆっくり休めないよ。

肩を貸すと、トゥルガンはゆっくり立ち上がった。

今は戦うことがなくなったというけれど、トゥルガンはまだまだしっかりした身体つきをしている。可能な範囲で訓練してるのかもしれない。

厨房《ちゅうぼう》の隣のトゥルガンの部屋は、私の部屋と作りがそっくりだった。棚には綺麗に装丁《そうてい》された本がたくさん置いてあって、彼の読書家ぶりをうかがわせる。

私はトゥルガンを二段ベッドの下に座らせ、「さする？」と聞いてみた。

「大丈夫、ありがとう。立ってるとしんどいだけなんだ。クドラトに貰《もら》った薬も飲んだし、しばらく横になるよ。夕方には天気も回復するだろ」

彼は寝台に横たわり、ため息をついて言った。

「ごめんなぁ、昼はチヤの好きな野菜の汁麺《しるめん》にしようと思って、大鍋でスープ作ってたんだけど、まだできてない。鍋は放《ほ》っといていいから、朝食の残りを適当に食べてくれる？　後、クドラトの分……」

「だいじょぶ、わかる。用意、する」

「そうだな、最近チヤ、よく俺の仕事見てたもんな。はは、俺の弟子になる？」

「にゃるっ！」

ぜひとも！

トゥルガンは「ぶはっ」と笑った。

よかった、そこまで深刻な不調ではなさそうだ。

厨房《ちゅうぼう》に戻った私は、いつもトゥルガンが用意してくれているセンセ用の蒸された謎の肉を細かく裂いて、センセにあげた。

さて……と調理台や水場を見回すと、朝食の残りの蒸しパンやハム、それに果物もあった。

そこでふと、浅い木の箱が目にとまった。

かぶせてある布巾《ふきん》をめくってみると、中に麺《めん》が入っている。今日の昼食と夕食の分として作ったのだろう、一食分ずつくるりと束ねてあった。

箱の横に、美味《おい》しそうな野菜と茸《きのこ》が数種類。

大鍋のスープは、トゥルガンのこだわりの作り方があるみたいだから手が出せない。

調理台の小鍋に少し、昨日の残りのスープがあるみたいだけど、二人分弱ってところか。

……久しぶりに、料理、したいなぁ。

そう思ったら、私はすっかりその気になってしまった。

この材料でできるもの。できれば三人分……。よし！

大鍋のかかった暖炉とは別にかまどが二つあり、私はその片方に火をいれた。

鉄鍋に油を引いて、まずは一食分の麺《めん》を炒《いた》める。じゅっ、と油のはじける感覚が、鍋を持った手に伝わる。

細かい火加減はできないので、慎重に様子を見ながら火を通した。いい焼き色がついたそれをお皿に移しておく。

熱いせいか、センセは食べ物を狙おうとはしなかった。

次に、野菜と茸《きのこ》、ハムを刻んだものを鉄鍋で炒《いた》める。火が通ったところで残り物のスープを加えると、ふわっとスープが香り立った。

スパイス類はよくわからないからパス。ハムと茸《きのこ》がいい味を出してるはずだし、塩とお酒があれば十分でしょ。

勝手に棚から片栗粉《かたくりこ》のような粉を出してきて水溶きし、鉄鍋に加えてスープにとろみをつけた。

皿の麺《めん》に、ふつふつと金色に光る野菜あんをかけて、あんかけソバの完成です！

あんを味見してみると、うん、うまいっ。トゥルガンのスープあっての味だけど、あんかけソバ懐《なつ》かしーい！　獣人《ドストラー》になっても料理ができる形の手でよかった……！

盆に一人分を載せて、クドラトの部屋に運ぶ。彼は研究中はちっとも食堂に来ないので、いつも誰かがお昼を部屋に運んでいる。

ノックして「お食事」と言ったら、クドラトが無言で鍵を開けてくれた。

うわー、集中してる人の顔してる、眉間にシワが……

私はささっと料理を丸い卓に置いて、すぐに部屋を出た。

その帰りにトゥルガンの部屋を覗《のぞ》く。どうやら眠ってるみたい。

私は食堂に戻り、自分の分の食事をした。

それから少しして雨がやみ、陽《ひ》が射《さ》してくると、トゥルガンが起き出す。

「チヤ、ありがとなー！　もう動けるぞっ」

「よかった！　トルガン、おなかすいた？」

「おうっ、すいたすいた。何か残ってる？」

私は早速、鉄鍋を熱し始めた。

「ええっ？　チヤが料理？」

トゥルガンが目を丸くして見ている。

「簡単の、少し、できる」

言いながら麺《めん》を炒《いた》めて皿に移し、残してあった野菜あんを温めなおしてかけた。

「どうぞー」

「お……おお!?」

トゥルガンは一口食べるなり、グルメ系アニメのキャラクターみたいな反応を見せた。

「面白い！　こういう風に作るなら、麺《めん》の生地《きじ》にも……後、味つけにアレを入れて……いやでもうまいよチヤ！　故郷の味か!?」

「そう！　メン、好き！　これ、もっと美味《おい》しくして、トルガン！」

「任せろ！　チヤも協力してくれな！」

私たちはガッと固く手を組み合う。そして、協力しあいながら今日の夕食を作った。

「戻ったぞー」

ほどなくして、隊長とナフィーサが戻ってくる。

「おかえりなさい！　雨、だいじょぶ？」

「岩棚もあるし、下までは吹き込んでこなかったわ。妖魔《ようま》も小さいのにしか出くわさなかったけど、ちょっと数が多かったわね。あーお腹すいたー」

二人はざっと汚れを落としてから、食堂に入ってくる。そこへ、クドラトも部屋から出てきた。

私は料理を並べる。

「……なんだ、今日の夕食は？」

「見たことないわね」

隊長とナフィーサは食卓を見て目を丸くした。トゥルガンが腕を組んでふんぞり返る。

「今日は、チヤの故郷の料理を参考に、二人で作った！」

「えっ、ほんとー？　なぁに、これどうやって食べるの、香ばしい」

ナフィーサが、麺《めん》とは別の器《うつわ》に入ったツユのにおいを嗅《か》いでいる。

トゥルガンと作ったのは、煎《い》ってすりつぶした木の実入りのツユで食べるつけ麺《めん》だ。

こちらにはコチュジャンに似た辛《から》い味噌《みそ》のようなものがあって、それをトゥルガンの特製スープでのばして木の実を加えた。

冷やし中華のように、細切りにした野菜を麺《めん》の上にたくさん載せてある。

隊長は麺《めん》と具を一緒に摘《つま》むと、ツユにつけてすすり込んだ。

「ん！　うま！」

「美味《おい》しー！　やだ幸せ、明日もお仕事頑張ろー」

美味《おい》しそうに食べてくれる二人を見て、私はトゥルガンとにんまりしてハイタッチする。

ずっと黙って食事していたクドラトが突然一言、つぶやいた。

「……昼の変わったアレも、チヤか……」

ナフィーサが反応し、即座にクドラトを追及する。

「えっ、何？　お昼も美味《おい》しいもの食べたわけ？　ずるくない？　どんなの？　もうないの？」

ふふふ、これはもしかしたら、トゥルガンと一緒にさらなる麺《めん》パラダイスの高みへジャンプアップできるかもしれなーい！

というわけでその日以来、私とトゥルガンは様々な麺《めん》料理に挑戦するようになったのだった。

私が再びダラに下りたのは、それから数日経《た》ってからのことだ。

雨の後は、ダラのあちこちに雨水が流れ込む。隊長が次に私を連れていこうと考えていた場所は、水が流れ込みやすい場所なので、日にちを開けることにしたそうだ。

私たち四人は、南のゴンドラでゆっくりと下りる。

「今日は、廃病院のすぐ下の瞑想所《めいそうじょ》を通って行くぞ」

隊長の言った単語が聞き慣れないものだったので、私は首を傾《かし》げた。

「めいそうじょ？」

「詳しく説明してもわからないでしょうが、呪術師が精神的な訓練をするところです」

クドラトがそっけなく言う。彼の口調にも、慣れてきた。

精神的な訓練……集中力を養《やしな》うためだろうか？　呪術師は病院でも働いていたみたいだし、近くに彼らが訓練できる場所があるのはいいかもしれない。

私は、昨夜の食事の時の隊長たちとクドラトの会話を思い出した。

病院の資料からわかったことがあるかと聞いた隊長に、クドラトは淡々とこう答えたのだ。

「インギロージャ前から、ダラの底に妖気があった可能性があります」

「何……？　本当か」

「インギロージャの数年前に、食用の卵を生ませるために飼っていた鳥が卵を生まなくなり、呪術師が治療に当たった記録がありました。何をしても改善が見られず、ダラから外に出したら回復したそうです。記録自体には、ダラの環境が合わなかったのだろうと書かれていましたが、私はおそらく妖気の影響ではないかと」

「……たまご生まない、どうして妖気ある？」

私は首を傾《かし》げた。

卵を生まないことがどうして妖気の影響だと、クドラトは思ったのだろうか？

クドラトが短く答える。

「妖魔《ようま》は繁殖をしないのです。この十三年間、妖魔《ようま》が繁殖したという報告はありません」

あ、そうなんだ。

私はつい、独り言のようにつぶやいてしまった。

「妖気、何……？」

ダラの底から発生しているという、妖気。図書館の爆発と同時に噴き出して、動物を狂暴化させたもの。

それが、インギロージャ前から存在していたらしい……と。

一体、妖気ってなんなんだろう。それがわかれば、対処の仕様があるかもしれないのに。

「他、どこか、妖気ある？」

聞いてみると、隊長が首を横に振った。

「ズムラディダラ以外の場所で、妖魔《ようま》が発生したという記録はないんだ。インギロージャの直後、どう対処すべきかわからず混乱した軍部が、同様の事例はないかと国中を調査した。しかし見つからなかった」

「まあ、こんなこと、あちこちであったらたまったもんじゃないけどね。それでとにかくダラの底、妖気の発生地点であろう場所の周辺を呪術師が埋《う》めようとしたのよ。だけど、イマイチうまく行かなかったから、今みたいな状況になってるわけ」

ナフィーサがそう付け加え、クドラトが後を続ける。

「私も、私の前の駐在《ちゅうざい》呪術師たちも、妖気がなんなのかを調べ続けています。しかし、今のところ何もわかっていないに等しい」

ゴンドラに乗りながらそんなことを思い出しているうちに、隊長が「よし、止めろ」と指示を出した。全員籠《かご》を降り、病院のすぐ下の坂を下りる。私は思わず声を上げた。

「わあ、きれい」

絶壁に半ば埋《う》もれるようにして、美しい建物があった。

ヤジナの建物に似ていて、壁一面に文様が彫り込まれている。窓には何色もの色ガラスがはまっていて、ステンドグラスみたいだ。いくつかは割れてしまっているけど、殺風景な廃墟《はいきょ》に華やかさを添《そ》えている。

が、次の瞬間、私はぎょっとしてナフィーサの腕にしがみついた。

「い、今、変な音！　何!?」

「わぁ、びっくりした。大丈夫、風の音よ」

「か、風？」

私は耳をピンと立てる。

ヒイィイイ……ヒイィイイ……という、悲鳴のような音が響いているのだ。

「どこかの隙間《すきま》を通り抜けて、音がするらしいわ。ここはいつも鳴ってる、気にしない気にしない」

ナフィーサは笑い、「さ、入るわよ」とぽっかり開いた入口に向かう。

建物の中は、いっそう美しかった。

外からの光が色ガラスを通して床に落ち、花のような模様《もよう》を描いている。壁には呪術師の使う特別な文字がうねるように並べられて刻まれ、色ガラスの光と一緒に踊っているみたい。

奥に石段があり、数段上ったところに不思議なものが設置されていた。

形は、口の細い容器に液体や粉を入れる時に使う、漏斗《じょうご》に似ている。それが壁に口をふせる形でくっついていた。真鍮《しんちゅう》でできているらしいそれは、壁についている方の直径が三メートルくらい。壁から飛び出ている方の細い管は直径五センチくらいで、こちらに向いている。

「あれ、何？」

「さぁねぇ。芸術のことはあたしにはわかんないわ」

私の問いにナフィーサは苦笑し、隊長は「右に同じ」と両手を軽く上げて見せた。クドラトはなぜか忌々《いまいま》しそうに謎の漏斗《じょうご》をにらみつけている。

「呪術師の瞑想所《めいそうじょ》でありながら、私にわからないものがあるとは」

いや、これが芸術作品なら、その全てを理解するのはなかなか難しいと思うよ……

「チヤ、ここはいいんだ。あっちから出るぞ、川があるから」

隊長が指さしたのは、入ってきたのとは別の開口部だ。

ここを出ると、川があるの？

三人はそちらに向かう。けれど私はもう一度、ちらりと漏斗《じょうご》を見た。

細い部分の近くに、いくつか小さな穴が並んで開いている。

そこへまた、あの「ヒィィィ」という音がどこからか響いてきた。

私は一瞬、身体をすくませる。

どこかを風が通り抜ければ音くらいするか……うん、楽器みたいなもんだ、気にしない気にしない。

……楽器？

そういえば、あまりに大きくて思いつかなかったけど、この漏斗《じょうご》、巨大なラッパにも見える。

「あ」

私はウエストバッグに手をやりながら漏斗《じょうご》に近寄った。バッグを開け、中を探る。

あった！　やっぱり、入れっぱなしにしてた。

私はくすんだ金色の、小さなラッパを取り出す。

センセを見つけた時、巣の中に入っていたものだ。お弁当のサンドイッチを食べた後包み紙をしまおうとして、一緒にバッグに入れちゃったんだ。

ラッパを、漏斗《じょうご》の細いところに近づけてみる。

うん、色も大きさもぴったり！

取り付けてみると、綺麗にはまった。

「チヤ？　何をしているのです」

クドラトが急ぎ足で戻ってきた。私は説明する。

「これ、センセ、持ってた」

そして、取り付けたラッパをくわえて、ふーっ、と力いっぱい吹いてみる。

音が、降ってきた。

壁の中を通った音が、天井近くに開いている穴からもれてくるのだろう。パイプオルガンのような音が雨のように降り注いでくる。

私は漏斗《じょうご》に開いたいくつかの穴を、両手の指でふさいでみた。そしてリコーダーを演奏するように吹いてみる。音が変化した。

やっぱり、この小さなラッパみたいなのは、楽器の吹き口だったんだ！

「楽器だったのか。音に包まれた瞑想《めいそう》……これは、すごい……」

クドラトが、ため息のように言った。

おお、研究テーマになりそうだ。これをきっかけに、私と色々話してくれないかな？

「チヤ、面白いとこに気づいたわねぇ」

ナフィーサに褒められる。嬉しくて、ついシッポをシュピーンと立ててしまった。あわててポーカーフェイスを保とうとしていた私は、隊長と目が合って一瞬ドキッとする。

隊長は、私を観察するように、じっと見つめていた。

でも、彼はすぐに笑顔になり、クドラトに話しかける。

「この音には聞き覚えがある、インギロージャ前に何度も聞いた。ここで鳴らしていたとは。よかったな、壊れていなくて」

「ええ。建物が丸ごと、楽器だったのですね……」

クドラトは短く答え、音の残響に耳を傾けていた。

しばらく全員で音を聞いた後、瞑想所《めいそうじょ》から出る。

外には隊長の言った通り川、というか、水路として整備されていた跡があった。

「前は橋がかかってたんだが、壊れちまったんだ。しかし、まだ水量が多いな」

隊長がうなる。水はしぶきを上げて流れ落ち、行く手をはばんでいた。

「チヤと隊長は飛び越えられそうだけど、あたしとクドラトはちょっと無理なのよ、ここ」

ナフィーサが言った。

「チヤ、そこから上ったところに水門がある。お前なら上れるだろ、壊れてなければ閉めてきてくれ」

「はい！」

隊長に言われた私は、彼の手を借りて高いところまで飛び上がり、そこから岩の隙間《すきま》を縫《ぬ》って、水路の上流に向かった。

隊長のような大きい獣人《ドストラー》には少し厳しいかもしれないけれど、小型の猫《ムシュク》なら難しくないルートだ。

ふふん、さっきの楽器といい水門といい、私ってば大活躍じゃない？

貯水池が見え、その縁《ふち》に小さな橋がかかっていた。橋の下が水門になっていて、半分下りた板の下から水が流れ出ている。見た感じでは壊れていない。橋の上のハンドルを回せば、板をさらに閉めることができそうだ。

近づいた私は、ハンドルが小さな厚手の紙を噛《か》んでいることに気づいた。

なんだろう？

「チヤ、どうだ？」

下の方から隊長の声がした。私は返事をする。

「あった！　今、しめる！」

「ゆっくりな！　錆《さ》びてて壊れそうなら、無理しなくていい！」

「はい！」

私はハンドルの持ち手に右手をかけ、左手で紙の端《はし》っこを摘《つま》む。

回しながら引っ張れば、取れそうだ。すっかりボロボロだから、乱暴にやるとちぎれてしまいそう。

くっ、と力を入れると、ゆっくりとハンドルが右に回る。紙がじわりと抜け始めた。

あれ？　紙に、赤色で梵字《ぼんじ》みたいな文字が――

まずい、と手を離そうとした時には、遅かった。

左手がバチイッ、とはじかれ、同時にビキッとハンドルに亀裂《きれつ》が入る。亀裂《きれつ》は真下の水門に向かって、稲妻《いなずま》のように枝分かれしながら走った。

「にゃっ……！」

水門の板を水が突き破るのと同時に、橋が崩壊した。

足場を蹴ったけど間に合わず、ドッと吹き出した水の中へ落ちる。

いきなり身体が冷たい水に包まれ、もみくちゃにされながら流された。岩に二度、三度ぶつかって、四度目に頭を打つ。

苦しい！

かすかに、ナフィーサの「チヤ!?」という悲鳴が聞こえた。

顔を水面に出そうともがいたけれど、うまくいかない。

気を失う直前、身体が何か、大きなものに包み込まれるような感触がした……


——遠く、水の流れる音が聞こえている。

意識が戻って、薄目を開けた時、あたりは暗かった。

ごほ、ごほっ、と咳《せ》き込む。

うう、水をしこたま飲んだみたいで、胸とお腹が詰まってるような感じがする……身体もあちこち痛いし……でも、生きてる。よかった……

私はゆっくりと息をつきながら、身体を丸めた。

ん？　柔らかい……ふさふさした毛のようなものが、私の身体を包んでいる。あったかい……

「チヤ？」

名前を呼ばれ、ようやくはっきりと覚醒《かくせい》した。

私の顔を、大きな犬《イート》が黄色とも緑ともつかない瞳で覗《のぞ》き込んでいる。

「た、たいちょ？」

言いながら半身を起こして見回した。私は、獣化した隊長のお腹とシッポにすっぽり包まれるようにして横になっていた。クドラトとナフィーサの姿はない。

そうか、隊長が身体でくるんでくれてたから、濡れてても寒くなかったんだ。

「くしっ」

私がくしゃみをすると隊長が心配そうな声で聞く。

「大丈夫か？　めまいや吐き気は？　呼吸は普通にできるか？　どこか、折れているところは」

「だいじょぶ、ありがと、です、ごほっ、ごめんにゃさい」

水路に落ちた私を、隊長が飛び込んで助けてくれたんだ。私は咳《せ》き込みながら、あわてて謝る。

「隊長は、けが」

「俺はなんともない。すぐにでも動けるぞ。まあ、夜になっちまったがな」

言われて、気がつく。

……本当だ、夜だ。

ここはどうやら倉庫のような場所らしい。

ひび割れた石壁の狭い部屋の中、苔《こけ》の生えた木箱と樽《たる》の隙間《すきま》に、私たちはうずくまっている。入口は落石でつぶれ、別の壁に穴が空いていた。そこから見える外は月明かり以外の明かりがどこにもない。

「……ここ、どこ？」

「ああ、ここはな」

犬《イート》の姿のまま、隊長が説明してくれる。

「インギロージャ前は、ダラを訪ねてきた呪術師たちのための宿泊所だった建物の倉庫だ。言いにくいんだが、ダラの底だな」

……ぱーどん？

隊長は改めて、言う。

「ダラの底の方。最深部手前ってところか、大型妖魔《ようま》が徘徊《はいかい》する場所だ。あんま、大声出すなよ」

「ダ、ダ、ダラの底！」

びびび、と毛を逆立《さかだ》てる私を落ち着かせるように、隊長はシッポで私の身体を軽く叩く。

「小さな滝壺になってるとこに落ちてな、すぐにお前を引き上げてここまで連れてきた。雨の後で助かった、水量が少なかったらもっと大怪我《おおけが》してただろう。この宿泊所の中までは、でかい妖魔《ようま》は入ってこれねぇよ。脱出の時が面倒だが」

そして、苦笑するように息をもらしながら続ける。

「水門、無理しなくていいって言っただろ？」

うう、ごめんなさい……私が水門を無理に閉め……あれ？　違う、水門はそんなに傷《いた》んでなかった。

「隊長、紙」

「あ？」

「水門、ハンドル。紙、あった。紙、呪《まじな》いの文字あって。ハンドル、回す、バチィッて」

ジェスチャー交じりに説明すると、「何？」と隊長の犬《イート》の鼻にしわが寄った。

「呪《まじな》い文字の書かれた紙が、ハンドルに挟んであった!? それを取ったら、ああなったのか？」

私が何度もうなずくと、隊長はうなり声を響かせる。

「そりゃ、お前……罠じゃねぇか」

わ……罠!? 誰かが水門に罠を仕掛けてた!?

「だれ？ ……っクドラト!?」

思わず口にする。だって、呪《まじな》い文字の罠なんて呪術師じゃなきゃ作れない。

「どうだろうな。まず、ダラに下りる時は常に二人以上だから、俺やナフィーサに気づかれずに罠を仕掛けるのは不可能だし、そもそもクドラトが一人で水門まで行くのも無理だな」

確かに。彼一人で妖魔《ようま》と戦うのは難しそうだし、足場が悪くて獣人《ドストラー》じゃないと水門に近づけない。

「インギロージャ以後で、クドラトは三人目の駐在《ちゅうざい》呪術師だ。前の誰かが、獣人《ドストラー》と組んでやった可能性はある……か？」

考え込む隊長に、私は聞く。

「あ。インギロージャ、前、ちがう？」

インギロージャが起こる前なら、獣人《ドストラー》じゃなくても水門に近づけたはず。その時から罠があった可能性はないだろうか。

「前はおそらく、ないな」

「どして？」

「水門橋の手前に旧守護隊の詰所《つめしょ》があって、爆発当日、俺はそこにいた。水門の管理者が、普通に水門を開け閉めしているのも見てる。おかしなことがあれば気づいたと思う」

それじゃ、ダラが廃墟《はいきょ》になった後に、呪術師の誰かが紙を用意し、獣人《ドストラー》に頼んで水門に罠を仕掛けたことになるのかな。でも、なぜ？

考えすぎて、私は頭が痛くなってきた。思わず頭を押さえたら、そこにでっかいたんこぶができている。痛みに「にゃっ」と声をあげてしまった。

「もう少し休め。明るくなったら煙生草《えんせいそう》を焚《た》いて、上に無事を知らせよう」

人間は、明るくならないと煙が見えない。朝を待つしかないみたいだ。

隊長が一緒で、本当に心強い。私一人じゃ、怪我《けが》してなくても、大型妖魔《ようま》の餌食《えじき》になるのが怖くて動けなかっただろう。

『俺のそばにいれば守ってやるからさ』

隊長の言葉が蘇《よみがえ》った。

本当に、水路に飛び込んで私を守ってくれた……

やだ、ときめいちゃうじゃん。強くて優しい男って、いいよね。

まあ、それは置いといて。ねえさん、心配してるだろうな。クドラトは……どうだろ。

ふいに、隊長が言った。

「チヤ、服を脱げ」

「えっ⁉」

ぎょっとして聞き返す。隊長は鼻先で私の胸元を示した。

「びっしょりだ。全部脱げとは言わないが、そのままだと風邪ひくぞ」

「あ、はい」

一瞬、二十五歳の羞恥心《しゅうちしん》が脳裏《のうり》をかすめたけれど、私の見た目は子どもだ。「えいっ」と軍服一式を脱ぐ。

隊長の体毛は乾いているのに、びしょびしょの格好で隊長に温めてもらうのは申し訳ない。

ケープ、スカート、シャツを脱いで、手近な箱の上に広げる。こうしておけば少しは乾くかもしれない。

隊長の服はすでに広げてある。私を温めるためにわざわざ犬《イート》になってくれたんだ。

「俺が脱がしてやりゃよかったんだが、意識が戻るまであまり動かしたくなかったからな」

一瞬脱がされるところを想像して、恥ずかしさに悶絶《もんぜつ》しそうになった。

でも実際、頭を打って意識がない私の服を不器用な隊長が脱がしたら、私の頭がグラングラン動いて非常によろしくないかもしれないですね。

キャミソールと短パンだけになって、急いで隊長のシッポと腹毛に身体を埋《うず》める。

ふー、あったかい。

「やれやれ、まさかいきなり底まで落ちるとはな。……チヤ、動いてみて、体調はどうだ」

隊長が聞いてくれる。

「だいじょぶ！」

「そうか、よし」

うなずいた隊長は、一つ息をついて落ち着いた様子を見せると、囁《ささや》いた。

「……それじゃ、せっかく二人っきりだ。じっくり話そうか」

えっ!? 二人っきりで、話？

一体なんなんだ、さっきからドキドキしっぱなし。色っぽい話じゃないのはわかりきってるのに、変な感じだ。

隊長は自分の前足に顔を乗せたまま、私を横目で見た。

「まず、その首にかけた鍵について、聞かせてもらおう」

はっ、と胸に手をやると、紐《ひも》に下げたアルさんの鍵が、揺れていた。

さっきシャツを脱いだ拍子に、キャミソールから出ちゃったんだ！

「こ、これ……えと……」

固まっていると、隊長は低く笑い声を立てた。

「それ、学舎《がくしゃ》の荷物入れの鍵だよな。この間お前が見つけた四《トルト》の鍵は、俺が保管してるから、それとは別のだ。……以前、お前が早朝に一人で学舎《がくしゃ》まで行ったのは知ってた。戻ってきた時にトゥルガンに会っただろ？ トゥルガンが気づいて、俺に教えてくれたよ」

隊長がわざとらしく、鼻を私に近づけてスンスンと鳴らす。

いつも人間の姿だから忘れがちだけど、トゥルガンは犬獣人《イート・ドストラー》だから、嗅覚《きゅうかく》が優れてる。私に、学《がく》舎《しゃ》のにおいがついていたので、わかったのだろう。

「何か事情がありそうだと思って、しばらく聞かないでおこうとトゥルガンと話してたんだが。まさか別の鍵を持ってるとはな。一《ビア》、か」

隊長はそう言って、シッポを少し動かした。柔らかな感触が、怒らないから話せ、というように私のむき出しの上腕部を撫《な》でる。

話す時が、来たんだ。そう思うと、胸が重苦しくなる。

私は言葉を押し出すように、話し始めた。

「……私、ヤジナ来る前、大きいお屋敷、いた。そこの女の人、私に、首のかざりくれた。かざり、この、かぎついてた」

「鍵を持っていたなら、インギロージャ前に学舎《がくしゃ》に通っていた人間の可能性が高い。とすると俺の知っている奴かも。……名前は？　どんな人物だ？」

アルさんの特徴はミルクティーみたいな色の髪だけど、私に説明できる語彙《ごい》はない。

「きれいな人。白、金のかみ。目、緑。アルさん」

「アル……」

ふっ、と、隊長が頭を持ち上げる。

「アルティンクか！」

ああ。やっぱり、知り合いだった。

そうか、アルさんの本名はアルティンクさんっていうのか。綺麗な名前……

隊長は嬉しそうに言う。

「俺もトゥルガンも知ってる子だ。インギロージャを生き残った子でな、当時七歳くらいだったか……怪我《けが》をしたが、その後回復して、王都の学者に養子として引き取られたと聞いてた。元気で大人になってチヤと出会ってたとはな！　今、どうしてるんだ？」

ずきん、と、胸が痛んだ。

目を伏せた私の様子に、不穏《ふおん》なものを感じたらしく、隊長は私をじっと見つめる。

「何か、あったんだな？」

私は声を抑えながら話す。

「……アルさん、夫の人、くらしてた。私、夫の人、言われて、アルさんと遊ぶ、アルさん守る、仕事した」

「前は屋敷で人間に飼われていたと言っていたな？」

隊長の質問にうなずくと、隊長は私の片言の説明をまとめながら話を進める。

「その屋敷で、アルティンクの遊び相手と護衛の仕事をしていた、と。護衛ねぇ……」

「お屋敷、守る人、男の人少し。アルさん、守る人、私」

「屋敷の警備は男たちがやっていて、お前はアルティンクのそばにいたんだな。女の護衛につけるには、女の獣人《ドストラー》は最適かもしれない」

私は続けた。

「アルさん、かぎのかざりくれた。かぎ、どこか、わからない、覚える、ないって」

「覚えてない？　……そうか」

隊長は頭を前足に乗せた。

「子どもがあんな目に遭《あ》えば、記憶を失うのも仕方ない。俺だってたまに夢に見て飛び起きるくらいだ、忘れている方が幸せかもしれん。……で、お前はどうしてその屋敷を出たんだ？」

私はごくりと喉《のど》を鳴らした。

「……夜、お屋敷、変な人たち、来た」

隊長が、いぶかしげに私を見た。私は目を閉じる。

あの夜のことは、鮮明に思い出せる。


バルラスさんは留守で、私はアルさんの寝室で彼女と一緒に眠りについた。

その寝入りばな、焦《こ》げ臭《くさ》いにおいに気がついたのだ。

寝台のそばで丸くなっていた私は、警戒して起き上がった。

にわかに屋敷の中が、騒がしくなる。細い悲鳴が聞こえ、私は寝台に上がり込んで、「アルさん」と彼女の頬《ほお》を肉球で叩《たた》いて起こした。

「何……？」

眠そうなアルさんも、すぐに様子がおかしいことに気づいたみたいだった。使用人をベルで呼ぶ。でも、誰も来なかった。

アルさんは寝台から下りて靴を履き、庭に通じる窓を開けた。

「火事かしら……チャコ、おいで」

二人で庭に出たその時、ザザッと木々の揺れる音がして、黒い影が庭に出現した。

「いたな」

低い声と共に、ぎらり、と、剣が光り、アルさんが息を呑む。

侵入者だ！　忍者のように、頭に布を巻いて目だけ出している。私の闘争本能に火がついた。

「アルさん、にげて！」

叫びながら、私は侵入者に飛びかかった。訓練の成果を発揮して、剣を素早くかいくぐり、爪を出した手を振る。爪が相手の肩をかすめた。

庭石を足場にジャンプして素早く侵入者の背後に回り、こちらを向きかけた相手の横っ腹にキックをお見舞いした。影が藪《やぶ》に突っ込むのを見ながら、私も地面に着地する。

その時、アルさんの叫び声がした。

「チャコ！」

ハッ、と振り向いたとたん、光るものが目の前に迫っていた。反射的にのけ反《ぞ》ったけど、頬《ほお》と耳が焼けつくように熱くなる。バランスを崩した私は、地面に倒れ込んだ。

もう一人の侵入者が剣を構えていた。

血が左目に入る。必死に飛び起き、右目で状況を見た。

アルさんが、倒れた私をかばって、侵入者と向かい合っている。

「誰です⁉　お金ならあります、持っ……」

交渉しようとしたアルさんの声が、とぎれた。

私に背中を向けている、アルさん。その白い寝間着の背中から、剣先が、突き出ていた。

侵入者がアルさんから剣を引き抜くと、アルさんの身体が地面に落ちる。

喉《のど》から、自分のものではないような悲鳴が出て、私はアルさんにすがりついた。虚《むな》しく傷を押さえて、血を止めようとした。


「いきなり、刺したんだな？　若い女をさらいもせず」

隊長が真剣な声で聞くのに、私はうなずく。身体が震えた。

「夫の人、急いで、帰る。夫の人の、家来も」

あの直後、予定にはなかったけど、バルラスさんと彼の部下たちが帰ってきたのだ。

お屋敷には火の手が上がっていた。バルラスさんの部下は、私が蹴り飛ばした侵入者と戦い、バルラスさんは私を突き飛ばすようにして、アルさんを抱き起こした。

その時の様子を、私はザファル隊長に語る。

「夫の人、アルさんを、ぎゅっ、して」

バルラスさんは、目を閉じてぴくりとも動かないアルさんを腕にかかえ、うめき声を上げた後で、私を見て叫んだのだ。

「『出ていけ、二度と戻ってくるな』って……」

私が守るはずのアルさんが、私を守ろうとして、刺された。

私のせいで、バルラスさんの愛するアルさんが。

私にできるのは、すぐに荷物をまとめ、バルラスさんの前から姿を消すことだけだった。

「……アルティンクは、死んだのか」

隊長が、つぶやくように聞く。私は小さくうなずいた。

あの血の量では、とても助からなかっただろうと思う。

「私、お屋敷出た。首かざり、小さい宝石、売ってお金して、ヤジナ来た。アルさん、ダラ覚えてない、でもヤジナの話、した。獣人《ドストラー》に、やさしい。私、アルさん、知りたい。学舎《がくしゃ》の屋根、四《トルト》のかぎ、アルさんの、同じ。アルさんダラにいたかも、思った。だから……」

「チヤ」

ずるずると続く言葉を、隊長が遮《さえぎ》る。

口を閉じたとたん、ひくっ、と声がもれて、私は自分が泣いていることに気づいた。

アルさんは私の飼い主で、母親代わりで、友だちで、姉のようで。

ひとりぼっちの私に、この世界のことを全部、教えてくれた人だ。出会った時からたくさんの愛情を注いでくれた。彼女がいたから、何もわからないこの世界で、まともに生きてこられた。

大事な人だった。それなのに……

護衛という仕事を、私はわかっていなかったのだ。私が失敗したら、アルさんが死ぬ。そういう仕事なんだ、って覚悟が、足りていなかった。

頬《ほお》と耳の傷は、この後悔を忘れないための戒《いまし》め。

今、アルさんの生きた場所で仕事をしている、そのことで、私はアルさんの弔《とむら》いをしているように思えた。

ふわりと、大きなシッポが私を抱き寄せる。

「複数を相手に、一人で、アルティンクを守ろうとしたのか。よく頑張ったなぁ」

……私は隊長の腹毛に顔を埋《うず》めて、思いっきり、泣いた。

泣いて泣いて、泣きすぎて、うとうとし始めた私に、隊長ののんびりした声が聞こえる。

「チヤ、お前は不思議な娘だな。お前、管楽器を演奏する知識があるだろ？　肉球のある獣人《ドストラー》に、演奏なんか教える奴いるか？　自分で学んだのか？　他にも色々気になるところはあるが、とにかく平和な場所で育ったのがわかる。そのうち教えてくれ。俺に話してもいいと思った、その時にな」

そうだね、私が自分のことを打ち明けるなら、最初はきっと隊長にだろう……

瞼《まぶた》の裏が明るくて、目が覚めた。

つぶれかけた部屋の壁の割れ目から、うっすらと陽《ひ》の光が射《さ》し込んでいる。

私は隊長にアルさんの話をしていて、泣きながら寝ちゃったようだ。

そっと起き上がったとたん、ぐぅ、とお腹が鳴った。

うー、腹ぺこ。ウエストバッグに入れていた非常食の硬いパンと干した果物は流されなかったけど、油紙の隙間《すきま》から水が入ってふやけてるし……トゥルガンのごはんが恋しい。

「トゥルガンのメシ、食いてぇなぁ」

同じことを考えていたらしく、隊長がそうつぶやきながら頭を起こした。

まだ犬《イート》の姿だ。私を見て、ニッと口の端《はし》を上げる。

「さて……うまいメシのためにも、ここを出るか」

隊長がのっそりと身を起こした。私は生乾きの軍服を素早く身につける。

そういえば、隊長の服、どうするんだろ。

「すまんチヤ、それ俺に着せてくれ」

え!?

「隊長、犬《イート》で行く？　人間、ならない？」

一晩経《た》ってるんだし、もう戻れるはずじゃない？

隊長は耳をぴこっとさせてから、答える。

「武器がねぇからな。牙《きば》を使わんと」

あっ！　あの、持ち手の長いキラキラの斧《おの》が見あたらない！

「流された？」

「斧《おの》は飛び込む前に放り出したから、ナフィーサあたりが預かってると思うけどな。ブーツは流されちまった」

私は申し訳なさを感じると同時に、再び心から隊長に感謝した。

四本の足を一本ずつ上げる隊長に、よいしょよいしょと上着とズボンを着せていく。

なんだかおかしい。大きい鞄《かばん》があればしまえたかもしれないけど、ないから着るしかないよねぇ。

食べられそうなものを選んで食べた後、隊長から指示が出る。

「チヤ、煙生草《えんせいそう》やってくれ」

私は、広げて乾かしておいた荷物から金属製の球を手に取った。

球をぱかっと開くと、中にタンポポの葉っぱに似た草が入っている。それをちぎって揉《も》むと、たちまち煙がたち始めた。急いで葉を球に戻して腰からぶら下げる。球にはいくつも穴があって、そこから煙が出るのだ。

煙が出ているのに、熱くないのが不思議。

「あいつらと合流できないと、上に行くのは骨が折れるんだよな……」

ぶつくさ言う隊長に、私は聞く。

「合流、あぶない。ねえさんとクドラト、ふたりだけ、下りる、できない」

ナフィーサとクドラトが、二人だけでここまで来るのは危なすぎる。そんなことはしないだろう、と思ったのだ。

「んー、あいつらはたぶんどうにかして、ここと瞑想所《めいそうじょ》の中間地点にあるトロッコの駅まで下りてくると思う。俺たちもそこまでは二人で上りたい、ってことだ」

隊長のしゃべり方はなんとなく歯切れが悪い。私は嫌な予感がした。

隊長はぼそぼそっと言う。

「トロッコまで行けりゃ、あいつらと俺たちでアレを挟み撃ちにできると思うんだがな……」

何かいるんだぁぁー！

何がいるのか聞くと、余計怖くなりそうなので、私は黙って隊長の後をついていく。

私たちは、割れた壁の隙間《すきま》から外へ出た。

目の前の岩を越えると、橋が見える。第一陸橋《りっきょう》とよく似ていた。

「第二陸橋《りっきょう》だ」

隊長は言い、軽く身体を屈《かが》めて、身構えた。私もすぐに、腰を落として戦闘態勢に入る。

陸橋《りっきょう》から、のし、のし、と出てきたもの。

それは、ヤギに似ている妖魔《ようま》だった。二本の角と赤い目、額に突き出た赤い呪《まじな》い石。大きさは競走馬くらいある上に、足は太くてがっちりしている。

ヤギが、後ろ足だけで立ち上がった。

その前足にはイソギンチャクみたいなモジャモジャした触手がついている！

「どういうモン食ったんだ、アレ」

隊長がぼやく。

「食べ物、問題!?」

「いや、たまにあるんだよ、強い妖魔《ようま》の肉を弱い妖魔《ようま》が食った時——強い妖魔《ようま》同士で相打ちになった時とかに、その肉のおこぼれと呪《まじな》い石を弱い妖魔《ようま》が食うことがあるんだけどな。強いのに影響されて、身体の特徴を吸収するんだ。何種類も交じることもある」

ヤギは地面を蹴って、こちらに突進してきた。

速い！

私と隊長はそれを避《よ》ける。ヤギは二人の間を通って、背後の岩へ向かう。

突進タイプなら、しばらく振り回して疲れさせて……なんて考えたとたん、予想外の出来事が起こった。

ヤギが岩棚に蹄《ひづめ》をかけて、ガガッ、とかけ上りだしたのだ。イソギンチャクな手も使っている。

そうだった、ヤギは岩場を上がる動物だっけ！

しまった、と思った時には上を取られ、飛びかかられた。

くそー、それは私の十八番《おはこ》だぞうっ。

ヤギの巨体をどうにか避《よ》けたけど、蹄《ひづめ》が岩を削って飛び散る。ジュッ、という音の方を見ると、ヤギの触手が触れた箇所から煙が上がっていた。

何あれええ、絶対触られちゃダメだ！

私が横移動すると、ヤギの視線が反射的に私を追い、角《つの》がこちらに向く。

その隙《すき》に隊長が後ろから飛びかかった。ガブッ、と肩のあたりに噛《か》みつき、すぐに離れる。シュウッ、と隊長の前足から煙が立った。

あっ、あの触手に触られたんだ！

私が気をそらし、隊長が攻撃、ヤギが反撃する、という攻防が何度か繰り返された。ヤギは少しずつ傷を負っているんだけど、動きが全く衰《おとろ》えない。隊長の動きもにぶってはいないけれど、何ヶ所か毛が変色している。

隊長が攻撃した隙《すき》に、今度こそ私が岩場に上り、隊長が離れた瞬間に飛びかかった。

首を蹴られたヤギは岩棚の上を転がり、一度足をバタつかせてから立ち上がる。

ひいい、動きが気持ち悪いよぅ。それに攻撃が効いてないっ。

倒れた隙《すき》に隊長が攻撃してくれるかと思ったけど、私とは合わせにくいらしく、何もなかった。

そこに、隊長の声がかかる。

「すまんチヤ、もう一度！」

隊長の一瞬の視線で、私はすぐ彼の狙いを悟《さと》った。今度は私が合わせる番だ。

ヤギに駆け寄った隊長が身体をひねり、後ろ足でヤギを蹴るのと同時に、私ももう一度、体重を乗せた猫キックをお見舞いした。

ヤギの身体が吹っ飛んで、陸橋《りっきょう》の横から、谷底へと転落していく。

ややして、下の方で水音がした。

ワンニャンキック、決まりました！

「よしっ」

隊長が谷底を見下ろしながら言う。

「でかい妖魔《ようま》が出たらとにかく下に落として、その隙《すき》に上に行こう。俺たち二人だけで完全に息の根を止めてたら、この先が保《も》たねぇ。石はまた四人の時に狩りゃいい」

「はいっ」

私は手のひらで額の汗を拭《ぬぐ》う。

あぁ、気持ち悪かった。あんなのに何体も来られたら……

隊長が歩き出しながら言う。

「行くぞ、これで陸橋《りっきょう》を渡れる」

私はあたりを見回した。下に湖がある。ヤギはあそこに落ちたんだろう。

湖の上空にかかってるんだから、この橋、陸橋《りっきょう》とは違うんじゃない？

私が不思議そうな顔で湖と隊長を交互に見ると、彼が説明してくれた。

「前は陸橋《りっきょう》だったんだ。インギロージャでダラの水の流れが変わって、あそこに湖ができた。……チヤ、あれが見えるか」

隊長が鼻面《はなづら》を下に向ける。

身を乗り出して橋の真下を覗《のぞ》き込むと、湖に浮かぶようにして、立派な館があった。玄関は二階にあり、左右にカーブした外階段がついている。その階段は半ば水没していた。そんな四角い建物の片側に石造りの塔《とう》がくっついていて、透《す》かし彫りのようになった壁の中に螺旋《らせん》階段が見える。

「『ファルハドの館』だ。ズムラディダラを作った呪術師、ファルハドが住んでいた館。そして、代々のダラの『市長』が暮らした建物だ。貴重な資料が多く残っているはずだが、今はあそこにはたどり着けない」

どうして？　岸まで下りてから泳ぐとか、筏《いかだ》を作るとかすれば……

その時、ゆらり、と、水面が動いた。

赤い光が三つ、すーっと浮かび上がってくる。巨大なものが、水の上にぐうっと盛り上がった。現れたのは、一対の赤い目と一角獣のような赤い角《つの》を持った白い巨体だ。
サ、サメ……？　冗談みたいな大きさのサメだ!!
とがった歯を一瞬見せた巨大サメは、またすうっ、と湖に潜《もぐ》った。尾びれをひらめかせて消え去る。水面は波紋を残して静かになった。

さっきのヤギ、きっとこいつに食べられちゃっただろうな……

「お、大きい」

私がつぶやくと、隊長は橋の手すりに前足をかけたまま言った。

「俺たちは『アソシー』って呼んでる」

アソシー。主《ぬし》、という意味だ。

まさに、この湖の……ううん、ダラの主《ぬし》みたい。特にあの、額に突き出した呪《まじな》い石の大きさといったら……！　どれだけ妖気を浴び、そしてどれだけ湖に落ちた妖魔《ようま》を食べてきたんだろう。

「ここからロープを伝って館に下りられないかって試したことがあるんだが、距離があるし、少し位置が外れるんだよな」

隊長はさらりと言うけど、怖い。

真下にあんなのがいる場所にロープで下りるぅ!?

「館の近くには図書館があったんだが、それがインギロージャの時、爆発した。それから妖気が噴出すようになったんだ。……今は俺たち二人だけだから何もできない」

そうだった。今は上に戻らないと。

隊長の後ろについて橋を渡りながら、私はつい、下を覗《のぞ》かずにはいられなかった。

橋を渡り終えた後も数頭の妖魔《ようま》に出会ったけど、やり過ごせるやつはやり過ごし、戦わなくちゃいけない場合はどうにか落として、私たちは少しずつダラを上った。

何時間経《た》っただろうか、さすがに疲れてきた頃に、それが見えてくる。

「うにゃ……クモ？」

私はつぶやいた。

岩と岩の間に、クモの巣が張っている。

糸一本が私の指くらいの太さがあり、それが細かく張り巡らされて通り道を覆《おお》ってしまっているのだ。本体が見あたらないのが不幸中の幸いだろう。

腰につけた金属球の煙生草《えんせいそう》は、そろそろ煙が弱くなり始めた。

「隊長、急ぐ」

私は岩陰で、ナイフを取り出しながら隊長を促《うなが》す。

クモの糸がどのくらい粘着力があるのかわからないけど、まずはこれで切り裂いてみよう。

けれど、隊長はうなった。

「ここが、めんどくさいんだ」

何が？　と聞き返そうとしたとたん、陽《ひ》の光が陰る。

恐《おそ》る恐《おそ》る、上を見てみると、そばの岩場を伝って巨大なクモが巣に入ろうとしているところだった。

赤い目に、額の呪《まじな》い石、巨大な鎌を持つ黄色いクモだ。お尻から糸が出て、巣の一部につながっている。

こいつはただ蹴り落としてもダメだ。糸を伝って上がってきてしまう。糸を切っても、新たな糸を吐き出せばどこにでもつかまれる。

めんどくさいって、いつもはどうしてたわけ⁉　第二陸橋《りっきょう》までは下りることがあるんでしょ？

「下の橋、どうやって行った⁉」

思わず問い詰めると、隊長は教えてくれた。

「雨が降ると、こいつ、どっか別の場所に移動するんだ。その隙《すき》に巣に穴をあけて通り抜けてた。あ、縦糸だけナイフで切れるぞ、あの巣」

なんちゅー危ない橋を渡ってるんだ！　急に雨がやんだらどうすんの、砦《とりで》に戻れないじゃん！

その時、声がした。

「隊長、チヤ⁉　いるの⁉」

「ねーさん！」

私は声を上げた。

姿は見えないけど、ナフィーサが巣の上の方にいる！

隊長も呼びかける。

「ナフィーサか、こっちは二人共、無事だ！」

「よかった……！」

クモにやられない位置に下がっているのか、ナフィーサの声は少し遠い。

巣越しにかすかに見えるのは、トロッコのレールだけだ。その下あたりに、クモは巣を張り巡らせている。私たちの話し声にクモがぴくりと反応したけれど、攻撃はしてこない。

そういえば、クモは巣の振動を足で感じ取ることで音を『聴く』って聞いたことがある。私たちの今の位置、果たして正確にわかっているのだろうか。とにかく、私たちがいることには気づいているみたいだから、迂闊《うかつ》に近づかないようにしないと。

「私もいます。ご無事で何よりです」

クドラトの淡々とした声も聞こえ、隊長が答える。

「おう、すまないな。夜は砦《とりで》に戻ったんだろう？」

「ええ。呪術の準備を整えてから、今朝下りてきました。ギムチャの巣を突破するのに必要でしょう」

ギムチャとは、あのクモのことのようだ。

「後ねぇ、チヤ」

ナフィーサの、困ったような声。

「実はさ、今、ここにセンセがいるのよ」

キィキィ、という鳴き声がする。

えええ!?

「セ……」

言いかけて、あわてて自分の口をふさぐ。私が名前を言ったらあの子が来てしまう。そしたらクモの巣に引っかかる！

「……っ、来ちゃった⁉　なんで⁉」

「チヤが瞑想所《めいそうじょ》で、音を鳴らしたじゃない？　トゥルガンの話だと、あれが砦《とりで》に聞こえたんだって。そしたらセンセが興奮して、いきなり飛び上がって鎧戸《よろいど》から出ていっちゃったらしいよ。今日ここに下りてくる途中、病院のあたりでセンセを見つけたの。よく無事だったわよね」

な、なんだろ、フクロウの興奮するような要素があの音にあったのかな。

興奮して飛び上がったらしいけど、センセはまだほとんど、自分で空に舞い上がることはできない。上に戻りたくても戻れなくて、どんどん下りちゃったんだろう。

「放《ほ》っといたら妖魔《ようま》に食われちゃうだろうし、隊長たちを助けに行くのに急いでたから、そのまま連れてきちゃった。でもねぇ……」

「この辺はもう、妖気がだいぶ濃い。あまり長くいると、センセに影響します」

ナフィーサとクドラトは説明してくれる。

そういえば、呪術師は妖気を感じとれるのかな。私には全然わからないや……

「わかった。よし、センセのためにも、さっさとここを突破するかっ」

隊長は私を見て口の端《はし》を持ち上げ、ニヤリとした。私は大きくうなずく。

するとクドラトがびっくりするようなことを言った。

「この際、センセにも協力してもらいます。隊長、呪《まじな》い札をそっちへやりますよ」

へっ？

意味がわからなかったけど、隊長にはわかったらしい。

「了解、俺が陽動する。チヤはもう少し隠れてろ。ナフィーサ、巣に穴を開けろ」

「了解っ」

何、何、なんなの？　三人だけわかってるーっ。

ちょっと悔しく思いつつも、私は岩陰で待機する。

隊長が飛び出し、その大きな身体でトーンとジャンプした。クモのいるすぐ近くの岩場まで行き、ガルル、ワウッ、と大きく吠《ほ》える。巣がびりびりと振動した。

それに、クモが反応した！　巣の隙間《すきま》を押し広げながら向きを変え、こちらに背を、上にいるクドラトたちの方に腹を向けて隊長に迫る。

お腹が黄色いクモの背は、まるでカブトムシのようにテラテラと黒光りしていた。

か、硬そう……！　お腹側は割と柔らかそうだったのに！

クモの一番前の足には、カマキリのような鎌がついている。

ヤツはのけぞるように鎌を大きく上げ、隊長に振り下ろした。隊長は前足でバシッと払いのける。

その間に、上の方で影が動いた。

ナフィーサが、ロープにぶら下がっている。

どこか上の方の岩にロープを結んだんだろう、まるでターザンのように身体を大きく揺らして下りてきたナフィーサは、片方の曲刀《きょくとう》を抜き、巣の一部を切り裂いた。

「チヤ、センセを呼びなさい！」

いきなり、クドラトの声がする。私は反射的に言われた通りにした。

「センセ！」

キィ！　と鳴き声がして、ナフィーサの開けた穴から、センセが飛び下りてきた！

「センセ！　だいじょぶ？」

岩陰から飛び出して腕を出すと、センセが私の腕にしがみつく。

痛《い》て、爪痛て。

見ると、センセの足に何かが紐《ひも》で結び付けてあった。

呪《まじな》い文字の書かれたカードだ！

そこへ、いきなりクモの糸が飛んできた。私はあわてて避《よ》ける。立っていた場所に、糸が一本貼りついた。

ひええ、巻き取られるところだった……！

戻ってきた隊長が私のそばに下り立つ。

「今度は交代だ。あっちが陽動するから、呪《まじな》い札を使ってこっちから攻撃するぞ」

「はいっ」

私は急いでセンセの足から札を外した。

「センセ、ここにいて。いい？」

岩陰に下ろして言い聞かせると、センセはつぶらな瞳で首を傾《かし》げながらおとなしくしている。

クドラトが、クモに向けて一本、矢を放つ。矢は糸に当たり、巣にくっついてしまった。シャッと牙《きば》を剥《む》き出したクモは、今度は逆上《さかあ》がりして巣の上に行き、ビュンッ、と鎌を振った。

クドラトが心配だけれど、これで私と隊長が腹側から攻撃できる！　隊長が『あいつらと俺たちでアレを挟み撃ちにできると思うんだがな……』って言ってたのはこのことだったんだ。

巣が通り道をすっかりふさいでしまってるから、今まではクモを倒そうと思ったら上から攻撃するか、雨の日に下まで行ってから攻撃するしかなかった。でも、上でも下でも結局片側から攻撃すれば、クモはそちら側に硬い背を向け、お腹をさらしてくれない。

でも今回は、私とザファル隊長が流されて下に落ちたせいで、部隊は上と下に分断されてしまった。それを利用して倒してしまうつもりだろう。どっちにしろこいつを倒さないと上に戻れない。それがわかっていたから、クドラトは呪《まじな》い札を用意してきたらしい。

よーし、このチャンス、無駄にはしないぞ！

私は札をビシッと構えた。

「で、この紙、何!?」

「そこからかっ」

隊長が犬《イート》のままずっこけている。

「それは麻痺《まひ》の呪《まじな》い札だ。クモの胸《ギムチャ》と腹の境目にナイフで突っ込めっ」

「りょうか、えええっ」

それ難度が高すぎないですかーっ⁉

近寄ったら、あの鎌と糸で巣越しに攻撃されそうだ。糸でぐるぐる巻きにされるかもしれない。

「た、たいちょっ、それ私やる⁉」

クモの注意を引かないよう、声を抑えながら聞く。

攻撃役は隊長だと思ってたから、心の準備ができていない。

「俺だと身体がでかすぎて足場がねぇんだ」

見上げると、巣のこっち側には、足場になりそうな場所がない。

クドラトとナフィーサがクモに攻撃して、私が動きやすい位置に誘導し始めた。

隊長がニヤリと牙《きば》を剥《む》き出す。

「チヤ、大丈夫だ、トゥルガンが言ってただろ？　危ない時はどうしろって？」

え、ええと、危ない時は……隊長を盾にしろ……って……

「俺が盾になってやる、後ろから攻撃しろ。俺が怪我《けが》を負っても気にせずやれ。普通、戦ってる時、盾に傷がついたって気にしないだろ？　そんな感じでな」

「でも」

「呪《まじな》い札をぶち込むために、仲間全員が協力する。お前もその一員だ、お前の仕事を果たせ」

仲間……

「呪《まじな》い札をナイフに刺しておけ。いいか、一緒に飛ぶぞ」

隊長が構えた。

ええい、どうにでもなれっ！

右手のナイフに呪《まじな》い札を突き刺し、私は隊長の横で、左手をついた。

隊長がカウントする。

「三《ウーチ》、二《イッキ》、一《ビア》、零《ノル》！」

隊長と私は、同時に飛び出す。

岩場をたどり、一気にクモに近寄る。私は常に、クモと自分の間に隊長が入るように動いた。

猫《ムシュク》の特技は隠密《おんみつ》行動だ。静かに、クモからは隊長だけが向かってくると思われるように移動する。

ナフィーサとクドラトに応戦していたクモが、一瞬、こちらに意識を向けた気がした。

ビシュッ、と、お尻から糸が飛び、隊長の身体に巻きついた。けれど、上の二人が攻撃を途切れさせないため、クモはお腹を向けたままだ。

私は隊長の脇《わき》から素早く飛び出すと、彼の背を蹴って、ナイフをクモの胸と腹の境に突き刺した。

シン、と、峡谷《きょうこく》が静まり返ったような気がした。

クモの身体から力が抜け、自《みず》らの巣に乗っかったまま脱力する。

やった……？

次の瞬間、隊長の身体に巻きついた糸が、ぐいっ、と引っ張られた。

「隊長！」

ぐんっ、と隊長の身体がクモに引き寄せられていく。クモは動けない様子なのに、糸だけを操ってる。ぎらり、と、クモの牙《きば》が光った。隊長が噛《か》まれる！

悲鳴を上げそうになった時、声がした。

「隊長、斧《おの》を借りるわよ！」

ザッ、と影が降ってくる。

クモの背に、ドン、と下り立ったのは、ナフィーサだ。

気合いと共に長い斧《おの》がうなり、クモの頭を叩《たた》き割った。

真っ二つになった赤い呪《まじな》い石が、転がり出て巣に引っかかる。

それが、クモの最期だった。

思わず呆《ほう》けてしまった私の目の前に、糸で巻かれた隊長がドスン、と落っこちてくる。

「隊長！」

「おう、俺は大丈夫だ。やったな！」

ナイフで糸を切って隊長を解放していると、巣の上から、ナフィーサが嬉しそうに呼びかけてきた。

「ひゃっほう！　しつこいコイツとも、やーっと別れられるわ！　さあ上がって！」

「は、はい！」

そうだ、勝ったんだ！　やっとここを通過して、ねえさんとクドラトと合流できる。

その時いきなり、ぐい、と隊長が鼻面《はなづら》で私を横から小突いてきた。

「チヤ、聞け」

声を潜《ひそ》めて言う。

「水門に罠があったこと、今はちょっと黙ってろ」

えっ……？

隊長と目が合う。隊長は軽くうなずくと、上を見た。

「さあ、さっさと帰ってメシとフロだ！」

巣に開いた穴を広げ、センセを肩にのせた私と隊長はクドラトがたらしたロープを使って、上の岩棚まで行った。その後で、クモの骸《むくろ》の上にいるナフィーサをロープで引っ張り上げる。割れた呪《まじな》い石も回収した。

「チヤ、怪我《けが》はない!?」

ナフィーサが飛びついてきて、両手でほっぺを挟む。

「だいじょぶ！　心配、ごめんにゃさい」

「そんなのいいって、怖かったでしょぉぉぉ」

むぎゅっ、と私を抱きしめるナフィーサ。

おおう、柔らかいお胸に顔が埋《う》もれる……至福。

ていうかねえさん、服の一部をクモに切り裂かれたらしく、肌が露出してセクシー度が五割増しになっている。

「ねーさん、血、血！」

「あらほんと、やあね、あたしの玉の肌が……ま、ちょっとだし大丈夫。クドラト！」

「わかりましたよ、全く」

クドラトが印を結び、ナフィーサの止血をする。

「治療は砦《とりで》で。……ここ、やっとまともに通れるようになりましたね」

大きく息をついたクドラトに、隊長が牙《きば》を剥《む》き出して笑った。

「全くだな。クモ《ギムチャ》が住み着いたの、インギロージャのすぐ後からだったか……長かったなー！」

ナフィーサが眉根を寄せる。

「昨日は本当、肝《きも》が冷えたわ。水門、どうしたんです!?」

「やっぱり古くなってたんだな、ほんのちょっと動かしただけであの有様《ありさま》だったらしい」

隊長が軽く言う。

「ま、そのおかげでここをどうにかできたってもんだ。久しぶりに主《アンシー》も見てきたぞ」

「あー、あいつ、相変わらずお元気なのね……結構なことで」

ナフィーサが目をくるりと回してため息をつく。クドラトが横目で私をにらんだ。

「主《アンシー》の餌になるところを命拾いしましたね、チヤ。もうあんな場所に落ちることがないよう、気をつけることです」

私は小さくなる。

「ごめんにゃさい、気をつける」

ちらりと見ると、クドラトも矢を射《う》ちつくしているみたいだ。みんな、全力で戦った。

本当に、クモを倒せてよかった……

「センセも、ありがと」

肩のセンセに頬《ほお》を擦《す》りつけると、センセは「クックッ」とハトみたいに喉《のど》を鳴らした。

「さあ、今日はもう上に戻りましょ。トゥルガンが緑の石《ズムラド》みたいな顔色で心配してたわよ」

ナフィーサが隊長の斧《おの》を肩に担《かつ》いで笑う。

緑の石《ズムラド》みたいな顔色って……。

とにかく、早く帰らなくちゃ！

私たちは、急いで帰路についた。

めちゃくちゃ揺れるトロッコに乗る。これは、箱の中にレバーがあり、操作できるタイプだ。移動中、鳥の妖魔《ようま》が襲ってはきたものの、ナフィーサが払い落してくれる。乗り心地はともかくスピードがすごくて、南のゴンドラまではあっという間だった。

私たち四人は、無事に砦《とりで》に帰還することができた。

半泣きのトゥルガンが、発着所で待ち構えている。自分も助けにこようとしてクドラトとナフィーサに止められたらしい。

彼は私をムギュッと抱きしめてから、隊長をハグし、ナフィーサの肩を叩《たた》き、最後にクドラトをハグしようとして嫌がられていた。

私はだんだん、みんなの仲間になれてきたのかな。そんな気がする。

その日の夕食は、トゥルガンが限界に挑戦したのかってくらい、品数が多かった。

いつにもまして美味《おい》しく感じる料理を、苦しくなるくらい食べまくって、私は幸せな気持ちで眠りについた。

第三章　インギロージャの謎を解け　～呪術師の秘密とファルハドの館～

クモとの戦いに勝利してから、一週間が経《た》った。

私は自分の仕事やセンセの飛行訓練をして過ごしている。

センセはトゥルガンにもずいぶん慣れ、彼に名前を呼ばれると反応するようになった。

クドラトは、相変わらず研究三昧《ざんまい》だ。なんでも、私と隊長を助けるためにいくつもの呪《まじな》い石を使ったそうで、補充分をごっそり倉庫から持って行く許可を隊長に貰《もら》っているのを見かけた。すごく充実しているように見える。

そしてナフィーサは、クドラトの薬で傷を治し、またまたヤジナに出かけていた。あの時の戦いで曲刀《きょくとう》の一本が欠けてしまったらしく、修理を依頼するためだ。ついでに遊んでくると嬉しそうだった。

そして、隊長はというと。

いつもは自分の訓練をしたり、馬を走らせたりしてるのに、珍しく部屋に引きこもっていた。何か調べ物をしてるらしくて、お昼ご飯を運んでいくとたいてい、紙の束とにらめっこしている。

ナフィーサがヤジナから戻った日の翌朝、朝食の席で隊長が言った。

「俺もたまには、ヤジナに行ってくるかな。東ゴンドラの調査の続きは、戻ってからにさせてくれ」

「珍しーい！　でも、たまには羽根を伸ばしてくださいよー。その方が、あたしたち部下もヤジナに行きやすいしね」

ナフィーサが笑う。隊長は苦笑しながら、私を見た。

「チヤ、一緒に来ないか？　お前の装備、古すぎるだろう。獣人《ドストラー》向けの店があるから連れてってやるよ。買うなら経費で落とせるし」

えっ、私の装備？　籠手《こて》もウエストバッグも、不自由してないのに。

そう思ったけど、隊長の目を見て気づいた。彼には私を連れていきたい理由が他にあるようだ。

「はい、行く！」

私が返事をすると、隊長はニッと笑ってうなずいた。


朝食後すぐ、私と隊長は馬に二人乗りで出発した。

今回は、さすがに隊長に担《かつ》がれて運ばれるようなことにはならなくてホッとする。

ヤジナまでは馬で約三時間、こっちで言うと一刻半かかる。

センセは今回もトゥルガンとお留守番だ。

「悪いな、付き合わせて」

私の後ろで、隊長が言った。やっぱり、私に何か用があるんだ。

「だいじょぶ。隊長、どうした？」

「うん。……水門の罠を誰が仕掛けたのかについて、お前と話しておきたかった」

馬の手綱《たづな》を握った隊長が、淡々と語る。

「俺は、クドラトではない、と思っている。証拠があるわけじゃないが、俺とトゥルガンは三人の駐在《ちゅうざい》呪術師全員と仕事してるからな。クドラトはやらないだろ、って感じるものがあるんだ。……が、何かやむを得ない事情があった可能性も考えられないわけじゃない。慎重にことを運びたい」

私は黙ってうなずく。

だから隊長はいったん、水門の罠に気づかなかったふりをしたんだ。

隊長は続ける。

「誰が罠を仕掛けたにせよ、その理由は一つだ。川の先に、人を行かせたくない何かがある。水門を閉めて川を渡ろうとした者を流してでも隠さなければならないくらいの、何かが」

「川、向こう、何、ある？」

「呪術師たちの私邸群だ。インギロージャ以降も行き来はできてたからほとんど探索済みで、後は小柄な獣人《ドストラー》じゃないと入れなそうな建物が一つ残ってるきりだった。数年前に落石があって、川の先すぐのところが埋《う》まっちまったんで、川を渡ってもそこをどうにかしないとな」

そこまで聞いた私は、ウエストバッグから折りたたんだ紙を取り出した。隊長に見えるように広げる。隊長が驚きの声を上げた。

「これは……？」

「これ、地図。アルさんの荷物入れ、あった」

「探検地図、か」

隊長はちょっと笑う。

「好奇心旺盛《こうきしんおうせい》な子だったからなぁ。友だち引き連れてダラのあちこちに出没してたぞ」

「隊長、ここ」

指で示す。書き込まれた『怒られた！』の文字――それはちょうど、川の近くにあった。

「『怒られた』、ある」

「入ろうとして怒られた？　私邸のあたりのどこかが立ち入り禁止になっていたってことか？」

隊長はそう言うと、しばらく考え込んでいた。そして、再び口を開く。

「アルティンクは、すごい呪術師だったろ」

「え」

私はちょっとびっくりした。

三年間一緒に暮らしてたけど、アルさんがそんな能力を見せたことはない。

「あの、ない。アルさん、呪術、してない。一回も」

「あ？　あー、ダラの記憶がないんだったな。呪術に関することも忘れちまったのかもしれん。ダラの学舎《がくしゃ》では最も有望視されてた学生だったんだぞ。ファルハドの再来か、とか言われてたな」

「すごい」

「教師陣も、あいつには熱心に教えてた。呪術師たちの私邸にもしょっちゅう招かれていたはずなんだが……」

隊長は言葉を切って、何か考えている。

アルさんがそのあたりを訪れていたなら、どこで『怒られた』んだろう。

私が地図を見ていると、やがて隊長ももう一度、私の肩越しに地図を覗《のぞ》き込んだ。

まじまじと見ながら、「お、もしかしてここ抜けられるのか？」とか「よくこんなところまで入ったな、あいつ」とか、しきりに感心している。そして、にわかに顔を上げた。

「後でまた見せてくれ。今日は行きたいところがある、ちょっと急ごう」

その後は黙って馬を走らせ、昼前にヤジナに着いた。

宿の厩舎《きゅうしゃ》に馬を預けながら、隊長が言う。

「そういえばチヤ、ヤジナ領の他の町には行ったことあるのか？」

「ない！」

お屋敷からヤジナに向かう時、町には寄らなかったから……

「ヤジナはどこもいいところだぞ。ここが中央ヤジナだろ、北ヤジナに西ヤジナ、新ヤジナ……」

知らなかった、今まで「ヤジナ」って私が呼んでたのは中央ヤジナのことなのね。

そんな世間話をしつつ、隊長は私を東の外れの方まで連れていった。

住宅街の中に真っ白な角砂糖のような建物があって、そこで何人かの人がお祈りをしている。

その隣にある二階建ての建物の門を、隊長はくぐっていった。玄関までのアプローチを外れ、庭の方に回る。物干《ものほ》し竿《ざお》に子どもの服が干されていた。

建物の裏手に回ると、裏口とそこから続く部屋の窓が全開になっている。そこから賑《にぎ》やかな話し声が聞こえていた。食事時なのか、いいにおいがする。

「邪魔するぞー」

隊長が窓からひょいっと中を覗《のぞ》き込むと、わっ、と高い声がわきたった。

「ザファルさんだ！」

「たいちょーだ！」

「犬《イート》！　犬《イート》に変身して！」

窓辺に子どもが六人駆け寄ってくる。その後ろから、エプロンをつけた初老の女性が現れ、子どもたちをたしなめた。

「こら、無茶言わないのっ」

「俺は今日は変身できないが」

隊長が、少し離れていた私を引っ張り寄せて、いきなり抱き上げた。

「にゃっ⁉」

「猫《ムシュク》連れてきたぞー」

子猫を見せるみたいに、脇《わき》に手を入れられて子どもたちに差し出されてしまう私。

「こ……こにちは」

「わー！　猫獣人《ムシュク・ドストラー》！」

「触るー！」

「お前ら、メシ食ってたんじゃないのか？　触るのは食い終わって、片づけも終わってからだぞ」

「はーい！」

子どもたちは窓辺から離れて部屋の中に戻っていく。

……隊長……一体私をどうするつもり……

白目になっている私をいったん下ろした隊長は、屈《かが》み込んで私の耳元に口を寄せ、言った。

「アルティンクがダラの学舎《がくしゃ》に入学するまで暮らしていた孤児院だ」

えっ、ここが。

「十三年前、インギロージャで多くの死傷者が出た時、ヤジナの病院だけじゃ場所が足りなくてここも病院代わりになってな。アルティンクを含む学生や、旧守護隊の同僚が世話になった。その縁で、たまに覗《のぞ》きにくるんだ」

開いた戸口に回ると、さっきの初老の女性がエプロンで手を拭《ふ》きながら出てきた。

「ザファルさん、久しぶりですね！」

「院長、お元気そうで。土産《みやげ》の一つもなくて申し訳ない」

どうやらこの女性が、孤児院の院長のようだ。

「いえいえ、ダラのお土産《みやげ》なんて呪《まじな》い石くらいだもの……ああ、トゥルガンさんのお菓子ならぜひとも欲しいわね、次はお願い！」

院長さんは明るく笑う。

なんだと、トゥルガンのお菓子⁉　お菓子も作れるのあの人⁉　賞味させていただかねばっ。

「ふふ、でも今日は可愛いお嬢さんを連れてきてくれたじゃない。こんにちは。まあ、こんな小さな子も軍人さんなの!?」

院長さんは「こにちは」と挨拶《あいさつ》する私を見て目を見張り、ザファル隊長をにらむ。

「ダラは危険なのでしょ、まさか」

「いやいや、危ない場所に連れてったりはしません」

隊長はちょっと目が泳いでいる。

嘘はついてないけど、結果的に底の方まで行って危ない目に遭《あ》ったことはあるよね……

「院長にちょっと、聞きたいことがあって来たんです」

話を切り替えた隊長は、声を低める。

「インギロージャで生き残った学生を三人、一時的に預かっていただいたことがあったでしょう？ここで世話になって、元気になった。その後どうしたか、知りませんかね」

すると、院長さんはふっと、表情を曇《くも》らせた。

「ニサと、ヨルダムと、アルティンクね。……あなたには言えなかったけど、ニサとヨルダムは、ずいぶん前に亡くなったと聞きました」

えっ、と私は息を呑んだ。けれど、隊長はまるで予期していたかのようにすぐ聞き返す。

「いつ？」

「二人共、元気になって北ヤジナの親元に戻って一、二年のうちによ。ニサは木から落ちて、ヨルダムは強盗に遭《あ》ったとか。せっかく、インギロージャを生き残ったのにね……。それと、アルティンクは」

私は思わず、目を伏せる。

アルさんの消息は、私の方が知ってる……

でも、そうとは知らない院長さんは続ける。

「王都の学者さんに、養子に貰《もら》われて行ったのは知ってたかしらね？」

「はい」

うなずく隊長。院長さんはため息をつく。

「あの後すぐに、王都の学校からの帰り道に行方不明になってしまったというのよ。今、どこでどうしているのかしら」

行方不明？

アルさんは、バルラスさんのお屋敷にいたわけだけど、一体どういう流れでそうなったのかな。

時系列を整理すると、アルさんは孤児院で育ち、ダラの呪術師の学校に入り、インギロージャで学校はダメになっちゃったけど命は助かった。元気になった後で王都の学者に引き取られたけど、通学路で行方不明になった。その後、どこかでバルラスさんと出会って……でも、あのお屋敷に夜盗が入って来て殺されてしまった。

なんていう人生だろう。

「あの子たちが、どうかしたの？」

「いや、ちょっとダラのことを聞きたかったので。……残念だ」

隊長は軽く首を横に振った。

そこへ、子どもたちが戻ってくる。

「終わったー！　猫《ムシュク》ー！」

「触るー！」

私はしばらくの間、抱きつかれ、耳を引っ張られ、シッポを振り回されても、心頭滅却《しんとうめっきゃく》してされるがままになったのだった。


「お疲れ、チヤ！　……なんか、目の焦点《しょうてん》が合ってねぇぞ」

めっちゃ笑ってる隊長をにらみつつ、私はよたよたと孤児院を辞した。

まあいいよ、子どもたちが喜んでくれたなら！　今の私の武器は見た目の可愛さ。すごく不遜《ふそん》なこと言ってる気がするけど、猫は可愛い、可愛いは正義！

「はは、悪かった悪かった、うまいもん食わしてやるから許せ」

ようやく笑いをおさめた隊長は、急に黙り込んで、しばらくただ歩みを進めた。あれ、と様子をうかがっていると、やがて彼は短いため息を一つついて言う。

「助けた命全てに、いつまでも責任が持てるわけじゃないが……悔しいな」

「…………」

旧守護隊が守り通した命が、ほんの数年で失われてたんだもんね……。

陽《ひ》が傾《かたむ》き、町の建物がほんのりオレンジ色に染まり始めている。砦《とりで》ではそろそろトゥルガンが夕食を仕込み始める頃だろう。

「おっと」

中央市場《いちば》が見えたところで、隊長は立ち止まって声の調子を変えた。

「しまった。俺の行きつけは獣人《ドストラー》だらけの店だが、むさいおっさんがうじゃうじゃだ。お前は連れていけないいな」

えー、なんでー？　おっさん獣人《ドストラー》うじゃうじゃしてるとこ見たいー！

「だいじょぶ！　隊長いる！」

隊長と一緒なら大丈夫！　と親指をピッと立ててみたけど、彼は首を横に振ってきっぱりと言う。

「お前なんか連れてったら、構いたおされて話どころじゃねぇよっ」

ちぇーっ。でも、何か話があるなら仕方ない。

「どっか、いい店ないかな。チヤみたいなお嬢ちゃんがいても、目立ちすぎないような」

思案する隊長。

おお、そういえばありますよ、獣人《ドストラー》歓迎でいい雰囲気のお店。

「隊長、こっち、こっち」

私は招き猫ポーズで隊長を案内し、ヤジナの南の路地に入った。路地はだんだん薄暗くなってきていて、真鍮《しんちゅう》のランプがいくつも灯《とも》っている。

そういえばここで、オモチャのネズミの奴とナフィーサが一緒にいるのを見たんだっけ。結局あの二人はどういう関係なのかな。もっとも今、「隊長、知ってましたぁ？」なんてペラペラ話すようなことはしない。

そうこうするうちに、お目当ての看板『エミンの輪』が見つかった。

「こんばんは」

扉を開けて中を覗《のぞ》くと、石造りのカウンターの向こうでイケメンが顔を上げた。ジャンだ。

「三色ちゃん！」

カウンターを回り込んでやってきたジャンは、笑顔で話しかけてくれる。

「チヤだったね、来てくれたんだー。入んな、入んな！　今日も可愛いね！　……おっと」

軽く身を屈《かが》めてのっそりと入ってきた隊長を、ジャンは見上げて目を見開く。

「いらっしゃい！　チヤのお連れさん？」

「これ、私の隊長。ザファル隊長」

紹介すると、隊長は「これ……」とつぶやきながらも軽く片手を上げて挨拶《あいさつ》する。

「こいつの隊長だ」

ジャンは「どうぞ、お好きな席に！」と手で奥を示し、すぐに厨房《ちゅうぼう》の方へ声をかける。

「クオラ、チヤが来たぞ！」

「ほんと!?」

声がして、だだだーっとクオラが飛び出してきた。

「チヤ！」

黒猫のクオラは、目をぱちぱちさせている。猫《ムシュク》がフレンドリーな時の表情だ。

「クオラ、こんばんは！」

「チヤ、ゆっくりいて！　後で話！　ね！」

クオラは嬉しそうにそう言って、また奥に走っていった。忙しいのだろう。

「……お前、もうヤジナに知り合い作ってたのか。しかもなんというか、すげえ、モテまくり……」

何やら複雑な表情をしている隊長と一緒に、私は奥のテーブル席についた。

クオラと知り合いになった経緯をざっと説明すると、まず隊長が口にしたのは、謝罪だった。

「そりゃ……すまなかったな」

「にゃ？」

「いや、三年前にヤジナの近くで狩られて売られたんだろ？　そんなことがあったのに、今度こそヤジナに行こうとしたら、今度は俺に」

あ、そっか。今度は隊長にさらわれたんだった。

「私、どじ」

思わず笑うと、隊長は口をへの字に曲げてから、一緒に笑いだした。

「全く、お前は……とにかく何か食おう、何がうまいんだここは？」

「うちのおすすめでよければ、お出ししますよー。嫌いなものがあったら言ってください」

注文を取りに来たジャンがそう言うので、お任せすることにする。

隊長が自分のお酒と私の飲み物を頼んでくれ、ジャンは厨房《ちゅうぼう》に戻っていった。

料理を待つ間、私は気になっていたことを尋ねてみる。

「インギロージャ、残った三人、場所聞いた、どうして？」

「ああ、そうだな。メシの前に重い話は済ませておくか」

隊長は腕を組む。

まだ時間が早いから他のお客はいない。ジャンもクオラも厨房《ちゅうぼう》に引っ込んでるし、誰も私たちの話を聞いてはいなかった。

「アルティンクが死んだ様子を聞いた時、俺は最初、夜盗に襲われたんだと思った。しかし、少々おかしい。俺が夜盗なら、若くて美しい女がいたら殺さずに盗む。珍しい毛皮の獣人《ドストラー》もだ」

「……？」

「お前が見たかぎりでは、相手は少なくとも三人はいたんだろ？　女と獣人《ドストラー》、盗めなくはないよな。なのに、ためらいなくアルティンクを刺した。お前も、避《よ》けられなきゃ死んでただろう」

隊長が私の顔を指さす。私は頬《ほお》の傷に触れた。

確かに……

「で、考えた。夜盗の目的が、アルティンクを殺すことだったとしたらどうだ、と」

「殺す？　アルさん、ねらって？」

「アルティンク自身が誰かの恨みを買っていたとか、アルティンクの夫の方のとばっちりの可能性もなくはないけどな。アルティンクはインギロージャの生き残りだ。昔助けた奴が殺されりゃ俺は悔しい。少しばかり調べるくらいはする。それで、何か知っている人物はいないかと孤児院に聞きにいってみたら……」

「他、二人」

「そう。学生の生き残りが全員死んでた、ってわけだ。偶然にしてはできすぎている。他の二人も殺されたんだろう」

隊長は指先で、軽くテーブルを叩いた。

「が、アルティンクは他の二人とはちょっと違う。まず行方不明になり、その後で正式にかは知らないが結婚して、お前に聞くかぎりでは幸せに暮らしていた」

そう……幸せに……でも、ひっそりと隠れるようにだった！

「お屋敷、立派、でも森の中。アルさん、外、出なかった。じぶん、あぶない、知ってた!?」

「知っていて、隠れている風だったか？」

ううん、そんな感じじゃなかった。ダラのことだって覚えてないみたいだったし、使用人さんたちだって普通に接してたもん。ただ、私、あのご夫婦についてはある想像をしていて……

「アルさん、孤児院の人。アルさんの夫の人、えらい人。私、だからかくれてる、思った」

「偉い人？　アルティンクの夫は、身分の高い人物なのか？」

「たぶん。お屋敷、立派。バルラスさん、えっへん」

クソ偉そう……失礼、貫禄《かんろく》があったもん、バルラスさん。

「バルラスっていうのか」

私はうなずく。

「身分の高い人物で、バルラスねぇ。貴族にはよくある名前だからなんともな。ヤジナ領だけでも、軍のヤジナ支部長だろ、西ヤジナ町長だろ、新ヤジナ町長の息子だろ……」

名前が『バルラス』の人物を、隊長は指折り数える。

「とにかく、チヤはそのバルラス氏が身分の低いアルティンクを囲ってると思ってたわけか」

実は、そう。だから、あのご夫婦のことは余所《よそ》でしゃべらないようにしていたのだ。

「ふーん。結果的に、バルラス氏がアルティンクを守り、かくまっていたようにも思えるな」

あ。確かに。じゃあもしかして、バルラスさんが詳しい事情を知っていたかも……？

「他の二人は、まだ若いうちに死んでる。何かまずいことを知っていて、口封じで殺されたのか？」

隊長がつぶやく。

「た、たいちょ、インギロージャは？」

私は思わず、身を乗り出した。

まさか、インギロージャの爆発そのものが……

「たくさん、死んだ。爆発起こして、みんな、くちふうじ？」

「それはどうだろうなぁ。場所が場所だ、確実に皆殺しにしたいなら、俺だったらあらかじめ上も封じて、逃げ道を断つ」

あえて感情を交《まじ》えないようにしているのか、隊長は淡々と言う。

「アルティンクたちがダラで何かを知るか見たかして、その後インギロージャが起こって、口封じに殺された。となると、爆発の原因にかかわる何かを見たのか……」

つぶやいてから、隊長はふっと表情を緩め、いきなり頭の後ろで手を組んでのけ反《ぞ》った。

「あー、これ以上は考えても仕方ないよな、動こう。先に水門の罠の方をどうにかしないと」

え、そこで水門？

「水門に罠があったなら、秘密があると考えるのが普通だろ。アルティンクの件と関係あるのかはわからないがな。過去の調査記録を当たってるとこだ、今日わかったことも踏まえて調べてみる」

あっ……！　それで最近、引きこもって調べ物してたんだ！

「わ、私、手伝う！　……ええと、文字、読めないけど……」

尻すぼみになる私に、隊長はニッと笑って言った。

「お前は引き続き、今まで行けなかった場所に入るのを手伝ってくれな。そういう場所にこそ、新たな手がかりがあるはずだ」

「はいっ」

そこへ、ジャンが両手で湯気の立つ皿を持ってきた。テーブルに置かれたのは、水餃子《すいぎょうざ》のような料理と、肉や豆がこっくりと煮込まれたシチューに細長いパンを添《そ》えたものだ。

スパイスのいいにおい、美味《おい》しそう！

「うちの料理人と助手のクオラの得意料理、どうぞ召し上がれ」

ちょっと気取ってジャンが言い、下がっていく。私は隊長と自分の皿に料理を取り分けた。

孤児院でもみくちゃにされて、めっちゃお腹すいてたんだ！　猫獣人《ムシュク・ドストラー》だけど猫舌じゃなくてよかった、猫舌だったら食事のたびに冷めるまで待たなきゃいけなかったよ。

「……お前は時々、獣人《ドストラー》っぽくない仕草をするよな」

私が料理を取り分けるのを見て、隊長がぼそっと言った。

「そうか？　はい、隊長、食べる！　美味《おい》しそう！」

私は皿を隊長の前に押しやる。

そこへ、クオラが飲み物を持ってきてくれた。

「クオラ、これ、美味《おい》しい！」

「おう、うまいぞこれ！」

私と隊長は声を揃《そろ》える。

アツアツの料理をムッホムッホむさぼる私たちに、クオラは嬉しそうにニパッと笑った。

「チヤ、チヤの隊長、獣人《ドストラー》。夜中にお腹すく？　うち、朝なるまでやってる、お腹すいたら、たくさん来て」

へぇ、獣人《ドストラー》の生活リズムに合っててていいなぁ。お店で早めの夕食を食べられるし、私みたいに夜中に起きた時、夜食が食べられる。朝ご飯も食べに来られるわけだ。

「ああ、それで店の名前に『エミン』が入ってんのか」

何かビールっぽいお酒をがぶりと飲んでから、隊長がうなずく。私は、知らないのはおかしいのかなと思いつつも、聞いた。

「エミン、何？」

「明け方だけ咲く、白い花の名前。エミンが咲く時間まで店を開けてるぞ、ってことなんだろ。クオラだったな、もう二皿三皿見つくろってくれ。麺料理《めんりょうり》があればそれも頼む。チヤの好物なんだ」

クオラはニコニコとうなずいて、厨房《ちゅうぼう》に駆け戻っていった。

『エミンの輪』が混み始めるまでの間、私たちは少し休憩時間を貰《もら》ったクオラとおしゃべりすることができた。

前に会った時、軍服を着ている私に「すげー、すげー」と感心していたクオラは、どうやら軍人をとても尊敬しているらしい。隊長を見る目が、私を見る目以上にキラッキラしてる。隊長の服の派手さも気にならないらしい。

「オレ、狩人《かりうど》につかまってた、でも軍に助けてもらった。軍人すごい。呪術師、すごい」

そうか、助けてくれた軍人や呪術師はヒーローなんだね。

「呪術師、いた？」

「うん。時々、うちに食べにくる。ニルファルさん、すごい呪術師」

「ああ、ニルファルか」

隊長がクオラから私に視線を移す。

「チヤ、ほら、砦《とりで》にヤジナから偉いさんが三人来たことがあったろ。あの中にいた呪術師だ」

ああ、女性の！　オモチャのネズミ騒動にも全く無関心だった、クールビューティーか。

「今は軍のヤジナ支部で働いてるが、その前はダラに派遣されてきてたんだ。クドラトの前任者だよ」

前任者……。さっき話に出たばかりの、水門の罠を仕掛けた容疑者の一人か……

ちらりと隊長を見ると、隊長は肩をすくめる。

何も知らないクオラは、ニコニコと言う。

「ニルファルさん来たら、オレ、チヤのこと話す。一緒につかまって売られた子、無事だったって。きっと喜ぶ」

「あ、うん」

私は生温かく微笑んだ。

罠を仕掛けたかどうかはともかくとして、クールそうなあの女性がそんなことで喜ぶかなぁ。

クオラは私の表情には構わず、どんどん話す。話はすぐに変わって、私はクオラから『獣人的《ドストラー》ヤジナの歩き方』みたいなお得情報を色々と教えてもらった。

私がかなり食いついて聞いていたせいか、隊長は少々酔いの回った口調で、拗《す》ねる。

「俺も多少はヤジナに詳しいつもりでいたが、やっぱ若い奴の目のつけどころは違うな……」

そして、帰り際にもクオラに絡《から》む。

「チヤはお前の番《つがい》にはやらんぞ、うちのだからな」

隊長は私のお父さんか……

宿に泊まった翌日は、隊長の言ってた通り、獣人《ドストラー》向け武器防具店に連れていってもらう。

その店は、鍛冶屋《かじや》や馬具屋《ばぐや》、呪術に使うお香の店などの並ぶ、職人通りと呼ばれる通りにあった。

あちこちから何かの煙が上がっていたり、金属音が響いていたりと、活気がある。

武器防具店の開いたままの戸口から中に入ろうとしたところで、隣のお香屋さんの扉が開いた。

「あら」

出てきたのは、ローブを着た細身の女性だ。

あっ！　昨日うわさしてた、ニルファルという呪術師じゃ⁉

「ザファル隊長。こちらにいらっしゃるなんて、珍しい」

涼《すず》やかに挨拶《あいさつ》する彼女に、隊長は「おう」と片手を上げた。私は隊長の後ろで軽く頭を下げる。

ニルファルは私を見て微笑むと、ふいっと顔を傾《かたむ》けて後ろにいる誰かに話しかけた。

「ほら、この間話したでしょう。ディルバと同じ猫獣人《ムシュク・ドストラー》の隊員さんよ」

店からもう一人、出てきた。男性の猫獣人《ムシュク・ドストラー》だ。私と同じ交じったタイプで、二十代後半くらい。灰色の毛並みはまるでロシアンブルーのようで、すらりと背が高い。彼は無言で会釈《えしゃく》した。

「ディルバもいたのか。こっちはチヤだ。言葉は片言《かたこと》だが、きちんとした教育を受けたことがあるみたいに賢いぞ。本当はもう一人くらい獣人《ドストラー》が欲しいんだけどな、いい奴いたら紹介してくれ」

隊長が言うと、彼は黙ってうなずいた。ニルファルがまた微笑む。

「もう、無愛想なんだから。それじゃ隊長、失礼します」

二人は私たちに背を向け、去っていった。

「今のディルバが、ナフィーサの前に攻撃役やってた奴」

隊長が説明してくれ、私はうなずく。

細マッチョな獣人《ドストラー》だったなぁ。猫というより豹《ひょう》みたい。きっと強いんだろうな。

ニルファルに、一緒に出かけるくらい仲のいい猫獣人《ムシュク・ドストラー》がいるなんて、なんだか怪しい。彼に頼めば、水門に罠を仕掛けられるかも……。おっと、じろじろ見てたら失礼だよね。

私はすぐに向き直ると、隊長と一緒に店に入った。

武器防具屋は、年配のご夫婦とそのお弟子さんとでやっているお店で、ご主人が変身するタイプの猫獣人《ムシュク・ドストラー》、奥さんが交じったタイプの犬獣人《イート・ドストラー》だ。私みたいなちっこいお客は珍しいらしくて、大歓迎してもらった。

武器防具店、といっても獣人《ドストラー》はあまり武器を使わないので、お店のラインナップはほとんど防具。装備品がかなり置いてある。

「隊長、そうび、いつもここで買う？」

冬用のマントを見ながら聞いてみると、そうだという返事。

隊長の体型に合ったブーツや真っ赤なサッシュベルトなんかは、ここで誂《あつら》えたものなのかー。

すると、お店のご主人がニコニコと言った。

「お嬢ちゃん、もしかしてザファル隊長のこの格好にびっくりしたのかい？」

「はい。うわあ、思った」

「ダラの旧守護隊に配属された時にね、学舎《がくしゃ》の子どもたちに怖がられたらしいんだ。犬《イート》の姿もそうだけど、人間の姿でも大柄で怖かったのかもね。それで、派手な格好をすれば面白がってもらえるかと考えた彼が、うちで色々と買ってったんだよ」

それで、派手な格好をしてるんだ。

でも、今ではダラは廃墟《はいきょ》。子どもたちはいない。ずっと同じ格好をしてる必要なんか……

ふっ、と、記憶が蘇《よみがえ》った。

隊長とトゥルガンの会話を立ち聞きしてしまった時のことだ。隊長は『あの子らのためにも、やっぱりなんとかして、ファルハドの館までたどり着きたい』って言っていた。

彼は今も、死んでしまった子どもたちのことを考えている。

「隊長、今も、子どもたち、見せてる？」

語彙《ごい》が貧弱なので、それしか聞けなかった。

並べてある靴を見ていた隊長は、ちょっと笑う。

「あの頃は、頭にも赤い布を巻いてたっけなぁ」

死後の世界のことは、誰も知らない。でも、もしもダラで暮らしていた人々の魂《たましい》が、まだあそこに漂《ただよ》っているなら……

隊長が、いつも派手な格好でいれば、子どもたちの魂《たましい》は寂しくないかもしれない。

砦《とりで》に戻って数日は、隊長たちは東ゴンドラの下を調べ、私は深夜は仕事、昼は訓練をして過ごした。

そんなある日、朝食を食べながら、クドラトが言った。

「ヤジナに行ってきます」

「ああ、報告書の提出時期だっけ」

のんびりとナフィーサが言う。クドラトは隊長の方を見た。

「部隊の分、できているでしょうね」

「おう、仕上げた。ギリギリ」

うなずく隊長の目の下にはクマができてる。

水門がらみでこれまでの大量の記録を調べてるんだから、大変だよね。私がもっと文字の読み書きができれば、手伝えるのに……

「やはり人を雇うべきですね。ダラ探索の記録もずいぶん増えたのに、資料室はごちゃごちゃで、金勘定《かねかんじょう》も適当ですし、そういったことをやる人間が必要です」

クドラトがそう言うと、隊長は頭をかく。

「軍にはちゃんと言ってあるんだぞ、人を寄越せって。しかしなぁ」

ダラに下りるんじゃなくて、砦《とりで》での事務仕事なのに、それでも誰も来たがらないんだ。

「やれやれ、事故があったことを報告しなくては。水門もダラの遺産の一部ですから、壊れたことに突っ込まれないといいですがね」

ぶつくさ言いながら立ち上がるクドラトに、隊長が軽ーく、声をかける。

「古くて壊れただけなんだから、うまく言っといてくれよ」

クドラトは「明日の夕方には戻りますので」と言って出かけていった。


ところが、その日の夜中。

いつも通り歩哨《ほしょう》を務めていた私が、夜明けまであと一時間くらいかなーと思っていた時、かすかに馬の足音がした。

不審《ふしん》に思って、屋上に上がり荒野を見下ろす。

馬から降り、馬を引いて厩《うまや》に入ろうとしているのは――

クドラト!? こんな時間に戻ってくるなんてどうしたんだろう、ヤジナに一泊の予定だったのに！

私は急いでホールに行き、眠っている人たちが起きないように静かに、内側から下ろしていたレバーを上げた。扉を開けるとすぐに、クドラトが早足でやってくる。

「おかえりなさい！ クドラト、どうした？」

囁《ささや》き声で出迎える。クドラトは私を見て足を止めた。

「チヤ。頼みたいことがあります」

ローブ姿のクドラトは、手に光るカードを持っている。呪《まじな》い札だ。

「今すぐ隠者《いんじゃ》に聞きたいことができたので、戻ってきてしまいました。一度気になりだすと眠れない性質《たち》で。すみませんが、これから隠者《いんじゃ》の庭まで付き合ってもらえないでしょうか。隊長たちはまだ寝ているでしょうし、ゴンドラで行って戻ってくるだけなので、私とチヤだけで大丈夫でしょう」

こ、こんな時間に!? 探究心もここに極《きわ》まれり……！

「隠者《いんじゃ》、おこらない？」

思わず聞くと、クドラトは軽くうなずく。

「呪術師は、疑問に思ったことを追究せずにいられない。すぐに試さずにはいられない。隠者《いんじゃ》も同じ呪術師なので、わかってくれます」

まじかー。でも……これって、チャンスじゃない？　クドラトと、少しは仲よくなれるかも！

「わかった、いく」

うなずくと、クドラトも軽くうなずく。

「ありがとう」

わー、クドラトにお礼言われたよ！

ちょっぴり感動を覚えながら、二人で屋上に上がった。私は岩棚に飛び下り、クドラトはロープを使って下りる。

ゴンドラの発着所から籠《かご》に乗り込み、動かすと、夜中のせいか妙に音が響くような気がした。

隊長あたりが起きちゃうんじゃ……と思ってクドラトに言おうとすると、彼は両手の指を何回か組み替えている。

「音を、遠くまでは伝わらないようにする術です」

おお。色々できるんだなぁ。

「クドラト、ヤジナ行った。報告書、出した？　だいじょぶ？」

ゴンドラで下りながら聞いてみる。

「ええ、問題なく受理されました」

クドラトはさらりと答える。

よかった。それに、少し会話がはずんでるような気がしなくもない。

ゴンドラが穴の中に入り、岩肌を呪《まじな》い札の明かりが照らす。やがて横穴が現れ、私はレバーを押してゴンドラを止めた。この穴の先が隠者《いんじゃ》の庭だ。

ゴンドラを降り、庭の方へ数歩進んだところで、私は「ん？」と振り向いた。

クドラトが、降りたところで足を止めてしまっている。

どうして来ないの……？

「チヤ。あなたに聞きたいことがあります」

彼は静かに言う。

「私の前にここで働いていた呪術師、ニルファルを知っていますね？　砦《とりで》にも来たことがあるし、先日ヤジナで会ったとか」

「はい。あいさつだけ。女の人」

私はうなずく。

「今日ヤジナで、ニルファルと会って話をしました。彼女が聞いたところによると、あなたはヤジナの近くの荒野で倒れているところを獣人狩《ドストラーが》りにつかまり、売られたことがあるそうですね」

そういえばクオラが、私が無事だったことをニルファルに話すって言ってたっけ。きっとあの後で話したんだな、と、私はもう一度うなずいた。

クドラトは続ける。

「その三年後、一人でヤジナに向かう途中、隊長に誘われてこの砦《とりで》にやってきた。……では、獣人《ドストラー》狩《が》りに遭《あ》う前は、どこにいましたか？」

……冷や汗が、じわっ、と背中に滲《にじ》む。

仲よくなって、信頼してもらってから打ち明けようと思っていた、私の素性《すじょう》。今、しゃべったらどうなるだろう。

本当は別の世界から来た人間だ、って主張する獣人《ドストラー》を信じてもらえるだろうか。おかしな子だといぶかしがられて終わるだけだよね？

どうしていきなりクドラトがこんなことを聞いてくるのかわからないけど、この話はまだ早い。

「私……あの、シリンカの生まれ、ない」

慎重に、そう言う。この国の生まれではない。これは事実だ。

「他の、国から、来た」

「では、なぜ荒野で倒れていたのですか？」

どうしよう。竜巻《たつまき》に巻き込まれた後、お屋敷で目覚めるまでの記憶があいまいだ。なんで倒れていたのかなんてわからない。

「お……覚えてにゃい」

さすがに不自然だと思ったけど、意外なことにクドラトは軽くうなずいた。

「そうですか。わかりました」

へっ？　覚えてない、で納得したの？

ポカーンとしている私に、クドラトは近づいてくる。

「時期も合う。やはりあなたが、『鍵』の可能性が高いな」

鍵？

聞き返す間もなく、クドラトが無造作《むぞうさ》に、明かりを足元に落とす。

同時に、彼は私の顔の前で、印を結んだ。

クドラトの気合いの入った声がする。

その声が、頭の中に残響して、私は、意識を失った――


ぱち、と目を開くと、しわ深い老人がこちらを覗《のぞ》き込んでいた。

「ぎにゃっ!?」

仰天して、素早く横に転がり起き上がる。

さらさらと水の流れる音、ぼんやりと射《さ》し込む陽光、光る緑の葉。その中で屈《かが》み込んだまま私に視線を向けているのは、濁《にご》った青い瞳の隠者《いんじゃ》。

ここ、『隠者《いんじゃ》の庭』だ。私、なんでこんなところに……

一気に記憶が戻ってくる。

「クドラト!?」

焦《あせ》ってあたりを見回すが、彼の姿はない。

はっ、として立ち上がり、ゴンドラを着けた場所まで横穴を駆け戻る。ゴンドラの籠《かご》は、なかった。

クドラト、一人で帰っちゃったの!?　なんで!?

ゴンドラを使う以外の砦《とりで》に戻るルートを、私は知らない。さまよっているうちに妖魔《ようま》にやられる可能性もある。

閉じ込められたんだ、と混乱しながら、よろよろと庭に戻る。

どうしよう、今は煙生草《えんせいそう》を持ってない。ここには隠者《いんじゃ》がいて、隊長たちは時々様子を見にきてるみたいだったから、ずっと探してもらえないってことはないと思うけど……そんなことはクドラトもわかってるはず。

今、私を閉じ込めておきたい理由があるんだ。

くそぉ、なんなの!?

クドラトは私を眠らせる直前、『時期も合う』って言った。あれはどういう意味だろう。

ニルファルの話もしていたけれど、彼女と何か関係あるの？　水門は？

隊長は、クドラトじゃないって信じてたのに、まさか水門の罠も彼なのだろうか。

「隠者《いんじゃ》、私、上行きたい！」

半泣きで訴《うった》えてみたけど、隠者《いんじゃ》は静かに私を見ている。

仕方なく小さな岩に腰かけてブツブツ言いながら考えこんでいると、トントン、と肩をつつかれた。

隠者《いんじゃ》だ。

私が隠者《いんじゃ》を見上げると、彼はゆっくりと腕を上げ、ゆらゆら、と手招きをした。そして歩き出す。

「……？」

ちょっと怖いけれど、少し距離を置いて隠者《いんじゃ》についていく。歩みがゆっくりなのでもどかしい。

彼は自分の小屋に向かった。そして、小屋の入口を大きく開け放って入っていく。私はそっと、中を覗《のぞ》き込んだ。

殺風景な小屋だ。テーブルと椅子《いす》、それに畳まれた寝具と、床に積み上げられた大量の書物しかない。

ここで何年も暮らすなんて、想像を絶する。食べ物は、庭の植物だけなのか、それとも時々、部隊の誰かが運んであげているんだろうか。

あれ？

私はふいに耳を立て、鼻をうごめかせた。

空気が動いてる。近くに、風の通り道がある。

隠者《いんじゃ》は小屋の奥に進み、壁に手をかけて横方向に力をかけた。

ズズッ、と壁がずれる。

え、この壁、立てかけてあるだけ？

壁の向こうから、岩壁に開いた横穴が姿を現した。穴は木材で補強されている。もしかして昔の坑道だろうか。大人が立って歩けるギリギリの高さだ。

その向こうからかすかに、風の音がしている。

「……これ、どこ？」

私は尋ねる。どこに通じてるの？

隠者《いんじゃ》は答えた。

「上」

まじか！　じゃあ、砦《とりで》に戻れるの⁉

隠者《いんじゃ》も、もし何かあれば脱出できるんだね。ホッとした。

「左・右・右・左・右・左」

いきなり隠者《いんじゃ》がつぶやく。

「えっ、何？　もっかい、言って。もっかい」

「左・右・右・左・右・左」

そう言って、隠者《いんじゃ》は穴を指さす。どうやら、上までの道順らしい。

私は何度か隠者《いんじゃ》に道順を繰り返してもらい、頭に叩き込んだ。

「ありがと」と頭を下げると、隠者《いんじゃ》は私をゆっくり指さして言った。

「お前は、『鍵』。……気を、つけなさい……」

また言われた、『鍵』って。隠者《いんじゃ》は私に、何か伝えようとしているのだろうか。

「はい。気をつける。ありがと」

私はとにかくもう一度お礼を言うと、勢いよく横穴に踏み込んだ。

軽く息をはずませながら、私は緩やかな坂道を上がっていった。暗がりに時々、折れたスコップや曲がったツルハシが転がっていて、ここで仕事をしていた人たちのことを彷彿《ほうふつ》とさせる。

うっすらと見える分かれ道を、隠者《いんじゃ》に教えられた通り、最初は左、次を右に折れた。

……こんな風な場所を、通ったことがある。

私は、そんな気持ちに襲われた。

暗い洞窟の中を、あてもなくさまよう光景がフラッシュバックする。

あれは夢だと思っていたけど、現実だったのかもしれない。

竜巻《たつまき》に巻き込まれてこちらの世界にやってきた私は、どこかの坑道を抜けて荒野に出て、ふらふらと草の中に倒れた。すぐに私を見つけた数人の人間が『拾いものだ』と笑った。

そして、私は売られ、あのお屋敷で目覚めたのだ。

最後の角《かど》を曲がったとたん、ふわり、と道の先が明るくなった。疲れた足に活《かつ》を入れ、坑道を脱出する。

出たところは岩陰になっていて、私は岩をぐるりと回り込んであたりを見渡した。

荒涼とした大地に、見なれた砦《とりで》がある。

隠者《いんじゃ》の庭で目覚めたのがいつかとか、坑道を抜けるのにどのくらいかかったのかはわからないけれど、空の明るさからいって、今は午後の遅い時間のようだ。

私は砦《とりで》に向かって走り出す。

後少しというところで、砦《とりで》から誰かが出てくるのが見えた。私はハッとして藪《やぶ》の中に身を隠す。

木につないであった二頭の馬に乗ったのは、呪術師のニルファルと、猫獣人《ムシュク・ドストラー》のディルバだった。

二人はヤジナのある西ではなく、森に沿って南西の方へ向かっていく。

どこに行くんだろう？　それに、砦《とりで》に何をしに来てたんだろう？

私はなんとなく警戒し、彼らが行ってしまうのを待ってから、砦《とりで》に向かった。

開いたままのホールの扉から、いくつもの聞き慣れた声が聞こえる。

「仕事が、嫌になったのかもしれません。最初から私は言っていたではないですか、少女向けの仕事ではないと。心配していた通りです」

「あり得ない。チヤはあんなに仕事熱心だったんだぞ、お前だって知ってるだろう！」

「そうよっ、それにセンセもほったらかしだなんて！」

「仕事を辞めるにしても、何も言わずに去ったりしないよ！　俺のメシが大好きで、弟子になるとまで言ってくれたチヤがっ」

しばらく呆然《ぼうぜん》として聞いてしまったけど、どうやらクドラトがみんなに「チヤが勝手に出ていった」と主張しているところらしい。

ちょっと、待てや、コラ！　何、言ってんの？

でも、他の人たちは私を、信じてくれてる。ほんのり心が温かくなった。

そこへ再び、クドラトの声がする。

「私だって信じられないし、心配しています。しかし、実際にチヤの部屋から荷物がなくなっていたでしょう」

はぁ!?

私はハッとして、スカートのポケットを探る。

やられた、部屋の鍵がない。クドラトが取ったんだ！

「ちょーっと待つー!!」

私は、荒野側の扉からホールに飛び込んだ。

その場の全員が、ガバッとこちらを振り向く。

「チヤ!!」

「はい！　私、チヤ！」

土埃《つちぼこり》まみれの私は毛を逆立《さかだ》てながら、クドラトをにらみつけた。彼は珍しく、目を見張って固まっている。

今回ばかりは許さん！

「にゃんで私、隠者《いんじゃ》の庭っ!?　クドラト、うそついた！　私の荷物、どこっ!?」

シャキーン、と私は爪を出す。トゥルガンがあたふたと後ろから抱《かか》え込んで私を止めた。

「お、落ち着いてチヤ！　これどういうこと？」

「クドラトが、詳しいことを知っていそうね」

ナフィーサが腕を組んで、クドラトにチラッと視線を向ける。

クドラトの肩から力が抜けた。観念したのか、彼は視線を落としてため息をつく。

「どうやって戻ってきたのやら……今夜迎えに行って、逃がそうと思っていたのに」

「にがす、にゃにっ!?」

トゥルガンの腕の中でジタバタする私。

ええい離せっ！　激おこ猫パンチ一発食らわせてやる！

隊長が腰に手を当て、低く迫力のある声で言った。

「全員、食堂へ移動。会議を行う。長引くから覚悟しておけ」

こんな状況でも、会議は食事をしながら、ということになった。

別に不真面目なのではなく、私が昨夜から何も食べていないことを知ったトゥルガンが、食事をするべきだと主張したためだ。

と言っても、今日は私がいないことで朝から大騒ぎになり、厨房《ちゅうぼう》に火を入れていなかったそうで、硬めのパンとスライスしただけのハム、野菜のピクルスを用意してくれた。

食堂のいつもの席で、ハムとピクルスを挟んだパンに私はむっつりとかぶりつく。

私の隣はトゥルガン、その斜め横に隊長、トゥルガンの向かいにクドラト、私の正面にナフィーサという席だ。

「さて……まずチヤの話を聞こうかと思ったが、チヤは早くクドラトの話を聞きたそうだな」

隊長が腕組みをして言う。私は黙ってうなずいた。

クドラトは、静かに一度頭を下げる。

「チヤを騙《だま》して隠者《いんじゃ》の庭に置き去りにしたのは、申し訳ありませんでした。身内の恥のようなものなので、できれば隊長たちには知られたくなかったのです。が、仕方がない」

顔を上げたクドラトは、私を見つめた。

「少々、チヤには重い話かもしれません」

な、何？　そう言われると、少し怖い。

私は口の中のものをごくんと呑み込み、耳を傾《かたむ》けた。

「……呪術師という者たちは、因果《いんが》な人々です」

クドラトは、そんな風に話を始めた。

「呪術でこんなことができそうだ、と思いついたら、試さずにはいられない。それが善か悪かは関係なく、やってしまう。そんな者ばかりです。私の前任者のニルファルも、そうです」

まずクドラトは、隠者《いんじゃ》の庭で私に話したことを繰り返す。

三年前、クオラと私が獣人狩《ドストラーが》りに遭《あ》って、私は売られ、クオラはニルファルたちに助けられた。

その後、特殊部隊に入った私がヤジナでクオラと再会し、それをクオラがニルファルに報告したのだそうだ。

「チヤはディルバにも会ったそうですね。彼は、ニルファルの恋人……というか……ニルファルの言うことをなんでも聞く男で」

「そうだったのか!?」

隊長がそんな声を上げ、ナフィーサが呆《あき》れる。

「一緒に砦《とりで》で暮らしてたのに気づかなかったんですか？　にぶちーん」

「いや、しかし、恋人同士なら互いのにおいが移りそうなものだが……どういう関係なんだか……」

隊長はもごもごと言い訳をする。クドラトはちょっと肩をすくめてから、続けた。

「昨日、ヤジナでニルファルに会いました。そこで彼女からこんな話を聞いたのです……」

私が狩人《かりうど》につかまる前は、ニルファルはまだこの砦《とりで》の駐在《ちゅうざい》呪術師だった。当時のメンバーは、隊長とトゥルガン、それにニルファルとディルバだ。

呪術師にとっては研究に適した環境のこの砦《とりで》だったけど、小妖魔《しょうようま》の多さにニルファルは少々辟易《へきえき》していた。この頃、たまたま鎧戸《よろいど》の一つを閉め忘れたせいで一匹の小妖魔《しょうようま》がヤジナに逃げ出し、捕獲に手こずってヤジナの軍から叱責《しっせき》されたそうだ。

ますます嫌になったニルファルは、ふと考えた。

妖気を止めることができないなら、どこかへ流してしまうことはできないか、と。

国内のどこかへ、では意味がない。今度は流した先にいる動物たちが妖魔《ようま》になり、部隊がそちらに引っ越しするだけだ。

もっと遠くへ。シリンカ王国と関係のない、どこかへ。

そう考えたニルファルはなんと、他国に流すことを思いついたのだ。

妖気が何を引き起こすかわかっていながら、ニルファルは試してみたいという誘惑に勝てなかった。実験を重ね、そしてついにその方法を編み出してしまった。

ある夜、ニルファルはそれを実行すべく、ディルバを伴《ともな》って密《ひそ》かにダラの半ばまで下りた。

その方法というのは、『扉』を開いてどこか遠くの国の生き物をこちらに呼び出すことだ。そして、その生き物に呪《まじな》い札をつけ妖気が噴き出していると思われるところに放り込む。そうすることでその生き物の国と妖気の噴出口をつなぐのだそうだ。

ニルファルは生き物を呼び出すことには成功した。

しかしその瞬間、彼女とディルバは複数の妖魔《ようま》に襲われた。驚いたニルファルは呪術の力をずらしてしまい、彼女の力はダラに無数に走る坑道のどこかへ抜けてしまった。

持参していた明かりは壊れ、呼び出した生き物は姿を確認できないまま、どこかへ消えたということだ。

その話を聞きながら、私は息苦しくなった。嫌な予感が、背中を這《は》い上がって来る。

まさか、その『生き物』って……

「あいつ、そんなことを」

隊長が歯ぎしりしている。

「俺がニルファルから聞いた話じゃ、大きな呪《まじな》い石が欲しくて夜中に岩棚へ行き、足を踏み外して大怪我《おおけが》をしたということだった。本当は、他国の生き物を呼び出しに行った時の怪我《けが》だったんだな」

クドラトがうなずく。

「はい。ディルバの方は軽傷で済みましたが、ニルファルは深手を負いました。不安定なままの『扉』を放置して、その場を離脱するしかなかったのです。ダラの部隊を離れることになり、しばらくそこに戻れないことがわかると彼女は他の誰かが『扉』に近づけないよう、ディルバに命じて呪《まじな》い札で岩を崩して道を埋《う》め、さらに川の水門を開かせ、水門に呪《まじな》い石の罠を仕込んだそうです」

はっ、と、顔を上げると、隊長と目が合った。クドラトが私と隊長を見る。

「チヤは、水門の罠にかかってしまったのです」

……クドラトは、犯人じゃなかったんだ。

私はこっそりと、安堵《あんど》の吐息をついた。

さらに、ニルファルの話は、こんな風に続いたそうだ。

彼女の怪我《けが》は呪術の助けで短期で治ったけれど、ダラの部隊に残るにはさらに治療が必要だというこことだった。『扉』のことが気になったので残ることを希望したけれど、すでに五年間ダラ駐在《ちゅうざい》を務めていたのもあって、これを機にクドラトと交代することになった。

召喚《しょうかん》した生き物の正体と行方は気にはなったものの、どこをどうやって探せばいいかわからず、彼女は半ば諦《あきら》めた。その後しばらくしてナフィーサが部隊に入り、入れ替わりにディルバはヤジナに転属した。

そして、最近になって、ニルファルはクオラの話から、ちょうどあの頃に私が荒野に倒れていたことを知る。

ニルファルは、クドラトに頼んだ。私が片言なのは外国人だからなんじゃないか。もっと小さなものを呼び寄せたつもりだったけれど、私がその生き物かもしれない。今さらどうこうするつもりはないけれど、会ってどこから来たか確かめたい。彼女が取り乱さないよう、同席してほしい……と。

ニルファルが召喚《しょうかん》したのは、間違いなく私だろう。本当は私が抱いていた子猫の方を呼び出したかったのかもしれない。

クドラトは眉根を寄せた。

「私はニルファルの様子に一抹《いちまつ》の不安を覚えました。彼女はまだ、試みを完遂《かんすい》していない。チヤという『鍵』を使い、妖気の穴と『扉』をつなぐことを諦《あきら》めてしまったとは思えません。早くチヤに知らせなければと思った私は、ヤジナを夜中に出発して砦《とりで》に帰還しました」

クドラトは、軽く両手を開く。

「と、ここまで説明するのにこれだけ時間がかかります。いつニルファルが来てしまうかもしれないのに、ゆっくり説明してはいられません。それで、チヤを隠者《いんじゃ》の庭に隠すことにしたのです」

そういうことだったんだ……！

一瞬お礼を言いそうになった私は、ハッと口をつぐんだ。

ここでお礼を言ったら、私がその『鍵』だって認めることになる。

クドラトの話がおそらく真実だというのはわかる。でも、今それを認めちゃって大丈夫？

「……実際に今朝、突然ニルファルがチヤを訪ねてきたわけだから、クドラトの話は本当だろうね。チヤが砦《とりで》にいなくてよかったってことだ」

トゥルガンが言い、私の方を見る。

「どこを探してもいないから、ザファルがチヤの部屋の鍵を壊したんだ。部屋には荷物がなくて、まさか砦《とりで》を出ていったのか、って話に……」

ナフィーサが気づかわしげに後を引き取る。

「部隊の仕事を放棄《ほうき》したなら、ヤジナには向かわないでしょ。南西のウラクの方へ行ったんだろうってなって、ニルファルとディルバが馬でウラクに向かったの。ついでがあるから見てくる、なんて言って。でも、あたしたちはチヤが出ていったなんて信じられなかった。……そこへ、チヤがひょっこり帰ってきたのよ」

「……隠者《いんじゃ》の庭、上に出る道、ある。隠者《いんじゃ》、教えてくれた……」

私はうつむいてそれだけ言い、口をつぐんだ。

「チヤ」

呼ばれて、顔を上げる。隊長が私を見つめていた。

「クドラトの話は本当か？　お前は、どこか他の国から呼び出されたのか？」

私はまた、お皿に目を落とす。

そして、一度口を引き結んでから、お皿を見つめたままガタッと立ち上がった。

こちらの言葉がもどかしい、と思った直後、日本語が口からあふれ出す。

「そうです。私はこの国どころか、たぶん違う世界から呼び出されました。私の国におかしなものを持ち込もうとしてたって知って、驚いてるし、怒ってます。私を必要としていなかったかもしれませんが、大事な故郷には違いありません。だから今はこれ以上、私や私の世界について詳しく話すことはできません！」

特に呪術師のクドラトはニルファルと同じことができるかもしれないと、私は彼を強い視線でにらみつけた。

しーん、と、食堂が静まり返る。

みんながまじまじと見つめているのに気づき、私はハタと我に返った。

日本語じゃ、通じなーい!!

改めて、こちらの言葉で、きっぱりと言い切る。

「え、えっと。別の国から来た、でも、どこか、言わない。国、大事!」

すると、クドラトは苦笑して、視線をそらした。

「そう、それが正解です。呪術師などに、大事なことをしゃべらない方がいい」

えっ。クドラト、寂しそう……?

彼は呪術師仲間のニルファルに同調せず、私を心配して奔走《ほんそう》してくれたっぽいのに、呪術師であるというだけで私ににらまれたのだ。

今まで仲よくしようと努めてきたのに、手のひらを返した態度でなんか悪いな。

「……びっくりした。今の、チヤの国の言葉なんだね。内容はわからないけど、自分の国の言葉でなら、あんなにすらすら……。今まで大変だったんだね、チヤ」

トゥルガンが涙ぐんだ。

や、やめてよ! こっちまで泣けてきちゃうじゃん!

「そうだ、温かいお茶を飲むか! そうしよう!」

トゥルガンは鼻をすすりながら、食堂を早足で出ていく。

ナフィーサが真剣な顔をして、隊長に話しかけた。

「隊長、でもそういうことなら、チヤをかくまわないと。ニルファルが砦《とりで》に戻ってくるとまずいわ」

「ああ。チヤ、今夜は自室に戻らない方がいい。隊長室で休め、隣の俺の部屋と扉一枚でつながってるから、何かあればすぐにわかるだろう」

武闘派の二人は、起こりうる様々な場合を想定しているらしい。

まさか隊長たちがいるのに、ニルファルがいきなり私を『妖気の穴』に連れていこうとするとは思えないけれど、誰かが私のそばにいた方が安全だと考えたようだ。

「チヤの荷物は、砦《とりで》の端《はし》の方の空き部屋に置いてあります。後で隊長室に届けます」

クドラトが言う。

やがてトゥルガンが、お盆を持って入って来た。温かいお茶だけじゃない、お菓子もある！

「昨日作ったやつだよ」と差し出すトゥルガン。

パイみたいな生地《きじ》に、木の実とドライフルーツの入ったそれは、食べるとなんだかホッとするお菓子だった。食べ終えると、眠気に襲われる。

「チヤ、ここまで戻るの大変だったんだろ？　今、風呂を焚《た》いてるから、さっぱりして早く休みな」

トゥルガンが、すかさず言ってくれる。

浴室から直接隊長室に行き、隊長室のソファに転がり込んだとたん、私は爆睡してしまった。

目が覚めたのは、明け方だ。身体には毛布がかけられていて、ソファの脚もとに私の荷物が置いてある。クドラトが持ってきてくれたんだ。

目覚めはすっきりしていたし、疲れも取れているけど、今日はさすがにネズミ捕《と》りのお仕事はできなかったな……と思いながら起き上がる。

すると、小さくノックの音がした。返事をすると隣の部屋とつながっている扉が開く。

「起きたのか、チヤ」

隊長が入ってきた。今日はざっくりしたシャツを着ていて、いつものズボンを穿《は》いている。

「はい」

「昨夜、お前が眠った後な、今後どうすべきかみんなで話し合ったんだ」

私がソファから足を下ろすと、隊長は隣にどっかりと座り、膝《ひざ》に肘《ひじ》をかけて手を組んだ。

「ニルファルから逃げ回るのもおかしな話だろ。彼女はかつての仲間ではあるが、今回の件は軍部に訴《うった》えてそれなりの処分をくだしてもらい、お前の安全を確保しなくてはならない。が、そうするとお前の素性《すじょう》を話さねぇと。それを聞いた軍部がお前をどうするのかは、判断がつかない」

私は少し、怖くなった。今まで通りじゃ、ダメなんだろうか。

「お前が故郷を明かせば、軍部で帰る手段を探ってくれるかもしれん。『扉』をどうするかわからないが、海の向こうの国なら交易船に乗せてもらうとか、手段は考えられる。もちろん、俺も口添《くちぞ》えする。……帰れるなら帰りたいよな、故郷に」

まさか世界が違うとは思っていないのであろう隊長が言う。私はその瞳を見つめ返した。

私は、今の生活がとても気に入っている。

でも、私が消えたことで、両親や友人たちが心配しているだろう。警察とか大学にも迷惑をかけているると思う。

帰れるなら、帰るべき、かもしれない。そして全て、元通りに……

あ！　待った、私、この姿じゃ帰れない！　こんな姿で帰ったら見世物になっちゃう！

「隊長、あの」

私は盛大に視線を泳がせた。

「帰れないっ。ええと、会えない、だれにも！」

「どういうことだ？」

隊長はいぶかしげにしている。とにかく私は言い切った。

「い、今、言えない！　でも今、帰れない！」

「なんだかわからんが、お前は今のところは、こっちにいたいってことでいいか？」

私はブンブンと首を縦に振る。

「今、ここ、私の家」

隊長は笑って、私の頭を優しく撫《な》でた。

「そうだな。俺はもちろん、お前がここにいるのが一番嬉しい。トゥルガンもナフィーサも、チヤが故郷に帰っちまうんじゃないかって、気が気じゃない様子だったぞ。クドラトは……お前を心配していたようだった」

「心配？」

「お前が、呪術師の異常な研究欲の餌食《えじき》になりかねないってことをだ。『チヤは賢いから、呪術師がどんなことを考えているのか、すぐに見抜きそうですけどね』とは言ってたが」

一呼吸おいて、隊長は続ける。

「でな、チヤ。ひとまずその、お前の故郷に通じる『扉』を確認しにいくべきじゃないか、って話になったんだ。そこから帰れるかどうかを確認すべきだし、ニルファルを告発する時の証拠が要《い》る。それに、ウラクの町にチヤを探しに行ったニルファルたちが、ここに戻ってくるかもしれないから、砦《とりで》にはいない方がいい」

「じゃあ、今日、すぐ」

「ああ。なるべく早く、出発しよう」

私はうなずいた。

「水門のこと、アルさんのこと、『扉』のこと、全部あそこ。見たい」

日本に帰るにしても、その前に可能なかぎり、謎を明らかにしなくちゃ。本当は、ファルハドの館に行きたいという隊長の望みも、叶えてあげたいけど……

まずは川の向こうに何があるのか、自分の目で確かめたい。

トゥルガンが用意してくれた朝食を食べてから、隊長、クドラト、ナフィーサ、そして私は、ダラに下りる装備を整えてホールに集合した。

ウエストバッグにお弁当を入れてくれてから、トゥルガンはじっと私を見つめ、そしてムギュッと抱きしめる。

「チヤ、『扉』が使えても、いきなり帰ったりしないでくれよ。チヤがいない砦《とりで》なんて、俺は……俺は寂しい！」

涙ぐむトゥルガンに、私はきゅっと抱きつき返す。

「ここ、もどる。絶対。トルガンと一緒、お菓子つくる」

「そうだな。チヤは俺の弟子だもんな！」

トゥルガンは、ぐすっ、と鼻をすすり、身体を離した。その肩に、センセがとまっている。

「行ってきます。ちゃんともどる」

手を振ると、センセは首を傾《かし》げて、つぶらな瞳で私を見た。

ホールの扉を出て、私は一度立ち止まる。

外は綺麗な青空で、陽光がダラの景色を鮮《あざ》やかに浮かび上がらせていた。

隊長が先に立って歩いていき、クドラトとナフィーサがその後に続く。

私も、一つ深呼吸して、岩棚の上を歩き出した。

ゴンドラに乗った私たちは、廃病院まで下りて瞑想所《めいそうじょ》の中を通り抜け、あの水路までやってきた。

瞑想所《めいそうじょ》の柱に結び付けたロープを持ち、私が流れを飛び越えて、向こう岸の岩に結びつける。このロープにつかまれば、人間でも渡れる。

隊長は変身すれば楽々飛び越えられるけど、一度犬《イート》になると人間に戻るのに時間がかかるので、人間の姿でロープを渡る。

その先は両側が石壁になった通路だった。一部が崩れ、岩で埋《う》まっている。

てっぺんまで上った私は、手で落とせる岩は手で、砕《くだ》かなきゃ動かせない岩はクドラトに呪《まじな》い札を貰《もら》って壊す。その岩を隊長たちが川の近くまで運んだ。

ようやく乗り越えられる程度の高さになった岩山を越え、私たちは奥へ向かう。

「わぁ……」

奥には石づくりの洒落《しゃれ》た建物が並んでいた。

扉のほとんどが開いているのは探索済みの印かな。

その中を真っ直ぐに歩いていくと、一番奥の建物の入口が斜めに崩れているのが見えた。

「今まで探索できなかったのは、ここだ」

隊長がその家の前で足を止める。入口は斜めに崩れ、柱でふさがっている。

少し近寄って観察してみると、上の方に崩れていない窓がある。柱を使ってあそこに飛び移れれば、中に入れるかもしれない。

そこへ、クドラトの呼び声がした。

「隊長殿、チヤ」

振り向くと、斜め向かいの家の窓からクドラトが顔を出していた。

「先に、ちょっとこちらを」

その家に入ると、曲刀《きょくとう》を抜いたナフィーサが廊下から部屋の中を覗《のぞ》き込んでいた。妖魔《ようま》がいないか確認してくれてるんだ。

「他の部屋も確認してくるわね」

ナフィーサと入れ替わりに、私たちはその部屋に入る。

広い部屋だ。学校の教室二つ分くらいある。

中には棚がいくつかとテーブルがあった。倒れた椅子《いす》は壊れ、蔦《つた》が這《は》っている。割れたランプや破けた絵画が床に転がっていた。

奥の壁は崩れていて、向こう側にぽっかりと中庭のような空間が見えている。その崩れ残った壁におかしなものがあった。

壁の一部に丸い穴が開いている。その穴の中に見えるのはシャボン玉みたいな虹色のマーブルの渦《うず》だ。その穴の周りには、何枚も呪《まじな》い札が張りつけられていた。札の半分近くに焼け焦《こ》げがある。

「おそらく、これが『扉』です」

クドラトの言葉に、私はまじまじとそれを見つめる。

この虹色マーブルの向こうが、元の世界なの？

「ここ、通りたい人、通れる？」

「いえ、現在は機能していませんね。妖魔《ようま》に襲われた時に力がぶれたせいか、札の一部が焼け落ちてしまっています。力はあちらへと抜けてしまったのでしょう」

クドラトは壊れた壁の向こうを指さす。顔を出してみると、中庭の向こうは岩壁になっており、いくつか穴が口を開けていた。

部屋の中に視線を戻すと、隊長がクドラトに質問していた。

「クドラトは、これを直せるのか？」

「どうでしょう、ニルファルが組んだ呪術がどういったものなのかを分析するところから始めなければいけません。大体の理論は聞いているので、時間をかければなんとか……」

クドラトは私を見た。

「後は、チヤの気持ち次第です。あなたが自分の故郷について話してくれれば、つなぎやすくなる」

「………」

「まあ、これぱかりは、私がチヤの信用に足る人間になるしかありませんね」

そんなクドラトの言葉に、私はちょっと驚いて彼の顔をまじまじと見つめた。

クドラトが、私に信用される人間になった上で私を助けようとしてくれている。

高潔《こうけつ》な人なんだな、と、思った。

ちょっと見直したのに、クドラトは私から目をそらして言う。

「まあ、私より信用できる呪術師を見つけるのも、一つの手ですが。その辺はご自由に」

ひとまず、私たちはその家を出た。

次に戻ってくるのはいつだろうと思いながら、私はさっきの家の前に戻る。ここからが私の仕事だ。

ロープを肩にかけ、爪を使って、傾《かし》いだ柱を上った。

視線をめぐらせると、閉まった鎧戸《よろいど》が見える。その外側にギリギリ乗れそうな足場があるし、この距離ならいけそうだ。

タイミングをはかって、私は跳んだ。足から着地する。よろけて鎧戸《よろいど》につかまると、メキッ、と音がして、戸が壊れた。私はその破片と共に部屋に転がり込む。

「痛《い》ったあ」

声をあげながらも、素早く立ち上がる。

そこは寝室らしく、特に異常は見られなかった。寝台の足にロープを結びつけて外に垂らし、みんなを呼ぶ。

全員が上り終えると、隊長は部屋をぐるりと見回して言った。

「ここは完全に閉め切られてたみたいだし、小妖魔《しょうようま》くらいしか入ってこれなそうだな。よし、手分けして探索だ」

隊長の指示で、私は引き続きこの寝室を探索し、ナフィーサは隣の部屋へ、隊長とクドラトは階下に下りて行く。

寝台の横に衣装ケースみたいな木箱があったので、開けてみた。染みだらけのリネン類が入っている。他には何もないようだ。

念のために寝台の下を覗《のぞ》いたり、天井や壁に異常がないか見てから、部屋を出る。隣の扉が開いていて、覗《のぞ》いてみるとナフィーサが大きなハンガーラックのようなものをかきわけていた。

「この部屋、衣装部屋みたい。チヤ、ここはいいから下に行ってあげて」

「はい」

近くにあった石造りの階段を下り、食堂らしき部屋から順に調べていく。本棚、チェスト、大きなテーブルにベンチ。家の中で料理はしないのか、台所的なものはなかったけど、食器がたくさん入った棚があり、人が集まる家だったのがわかる。

隊長とクドラトの姿は見えない。二人はどこにいるんだろう。

廊下の奥の部屋を覗《のぞ》くと、隊長とクドラトの背中が見えた。机の前で、何か話し合っている。

「寝室、終わった」

呼びかけながら部屋に入る。二人は振り向いて私を見た。クドラトは顔をしかめたまま口をつぐみ、隊長は困ったような顔で言う。

「おう、チヤ。……この部屋、あんま気持ちよくないもんがあるから注意な」

えっ。

恐《おそ》る恐《おそ》る、部屋を見回した。

奥の棚に、小さな檻《おり》がいくつか並べられている。檻《おり》の中に、白っぽいものが見えた。

「動物の、骨?」

可哀想に、インギロージャが起こったせいで閉じ込められたまま放置されたのか。

近づいて、檻《おり》の中を見た。小動物の骨が、それぞれ入っている。そしてどの檻《おり》でも、骨の近くにいびつな形の小さな呪《まじな》い石が転がっていた。

インギロージャで噴き出した妖気がここにも届いて、檻《おり》の中の動物も一気に妖魔《ようま》になったのかな。でも檻《おり》から出られないまま、生を終えたんだ。

けれど、私はおかしなことに気がついた。

「クドラト」

呼びながら、檻《おり》の中を指さす。

「呪《まじな》い石、頭の骨、くっついてない」

呪《まじな》い石は頭骨から生える。だから、こんな風に転がってるのは変じゃないのかな。私が今まで倒した妖魔《ようま》も、石を取り出す時は骨から剥《は》がしていた。

「インギロージャの妖気、ぶわっ、って。急に妖魔《ようま》なる、石くっつかない？」

「いいえ、記録を見るかぎりでは、全ての妖魔《ようま》は頭骨から呪《まじな》い石が生えていたそうです」

え？　じゃあ、ここのは？

クドラトは、ひとつため息をついた。

「チヤ。あなたは、妖魔《ようま》を殺さずに呪《まじな》い石を取り去ったら、普通の動物に戻らないか、と聞きましたね」

私はクドラトを振り向く。何で今、その話？

クドラトは続けた。

「それを聞いた瞬間、呪術師の私はすぐに考えました。もしも石を取りのぞけるとしたら、逆に埋《う》め込むことも可能に違いない。それを、ダラの優秀な呪術師たちが思いつかなかったはずはない、と」

う、埋《う》め込む……!?

私はつばを呑み込んだ。

「廃病院の記録にありましたね。インギロージャの数年前に、鳥が卵を生まなくなったと。こういった谷の底ですから、何か悪いものがたまるのではないかと、心配になった呪術師たちはそれを調べたのでしょう。そして、妖気がもれ出している場所を見つけたようです」

クドラトが机の上に視線を落としたので、私はそちらに駆け寄った。綴《と》じられた紙の束が置いてあり、開いたページには文字が書かれている。隊長が読んでくれた。

「『図書館地下に設置したネズミ《スチ》の檻《おり》を、五つ回収』と書いてある。動物の観察記録だ。呪術師たちは妖気のもれ出す穴を図書館の地下で発見し、実験のために穴の近くに動物の檻《おり》を設置したんだな」

クドラトが解説してくれる。

「ダラの底にはずっと前から多くの人間が出入りしていますが、人間には全く異常が見られなかったので、鳥以外の動物にも変化が出るかどうか試したんでしょうね。今ざっと読んだのですが、ほんの少数のネズミ《スチ》が狂暴になるという変化があった。調べてみると、頭骨からおかしな石、つまり呪《まじな》い石が生えていたというのです。石には呪術を強める力があるとわかったので、もっと作れないか試してみたけれど、多くの動物には呪《まじな》い石はできなかった。妖気が少なすぎたのでしょう。呪術師たちはネズミ《スチ》の石を取り、ウサギツネ《トウクヨン》や他の動物に埋《う》め込んでみたようですが、この記録を見る限りでは失敗したみたいですね」

それが、この部屋にある檻《おり》の中の動物？

クドラトは、紙をめくりながら言う。

「普通の動物に、ただ石を食べさせても妖魔《ようま》にはならない。妖気を浴び、体内に石ができた動物なら、石を食べれば強くなる。そのあたりの実験も行《おこな》われていたようです。が、穴のすぐ近くに置いたネズミ《スチ》の数割がやっと変化するくらい、この頃の妖気は微量だったってことでしょうね」

「しかし……図書館、か」

隊長が腕を組み、クドラトが「ええ……」と拳《こぶし》をあごに当てる。

「インギロージャで爆発したのが図書館よね」

ふいにナフィーサが部屋に入って来た。自分の担当場所の探索が終わり、下りてきたらしい。

図書館の地下は元々、微弱な妖気が出ていた。その妖気の量が急激に増えたことが爆発の原因なのだろうか。

それは自然に起こったこと？　でもそれなら、アルさんたちが殺されることはなかったはず。

私は思わず、口にした。

「……妖気の穴、広げる、した？」

一同が、顔を上げる。

私は自分の言葉に怯《ひる》みつつも、続けた。

「それで、やりすぎた……？」

隊長とクドラトが同意する。

「……他に思いつかないよな」

「ええ」

ずっと謎だった、図書館の爆発の原因は、ダラの呪術師たちが妖気の穴を広げたせいだった⁉

「ファルハドの館まで行けば、爆発の原因がわかるんじゃないかとずっと思っていたが、ここで一応の結論が出たようだな」

隊長がつぶやく。

子どもたちがなぜ死ななきゃいけなかったのか、ずっと知りたがっていた隊長……

「ここを見てください」

紙の束をめくっていたクドラトが、指さす。

「『客人が視察』とあります。これによると、外部の人間が妖気の実験を知っていたことに……？」

ナフィーサは黙って眉根を寄せ、隊長は難しい顔で言った。

「ダラに来る人間は、旧守護隊が確認していた。このあたりは普通の奴は入れなかったぞ。一定の地位のある者でないと」

うわぁ。もしかして、誰か偉い人がかかわってる？　それって大問題じゃ……

そうか。三人の学生が殺されたのは、実験そのものか、それにかかわった人物を見たからかもしれない。

「実験はこの家と図書館で行《おこな》われていた。図書館はファルハドの館のすぐ近くにあったんだ。当時の市長が気づかないはずはない。一体、どこのどいつがかかわっていたのか」

隊長は腕組みをした。

「やはり全ての答えは、ファルハドの館にあるのかもしれないな」

私たちはもう一度、その家の中を隅々《すみずみ》まで探索した。実験の記録は砦《とりで》に持ち帰ることにする。

「全部いっぺんには無理ね、また来るしかないわ」

鞄《かばん》に紙束をしまいながら、ナフィーサが言う。

昼休憩をとり、トゥルガンの作ったお弁当を食べながら、私はクドラトに質問してみた。

「……クドラト、新しい呪術、なんでもする？」

すると、クドラトは皮肉っぽく答えた。

「世界と調和した呪術の追求が、私の目指すところです。わざわざ世間に波風立てる必要を感じませんね」

意味がよくわからなかったけど、私は彼にニルファルのようにはなってほしくなくて、力説した。

「クドラト、そのまま、いい。私、思う」

「根拠ないでしょう、それ」

クドラトはそっけない。でも、隊長とナフィーサは目を見合わせて、何やら少し笑っていた。

「よし、帰るぞ」

隊長の号令で私邸を離れ、川まで戻る。

私はジャンプで川を飛び越え、他の人たちがロープを伝って戻ってくるのを待った。

——その時、瞑想所《めいそうじょ》の中から一つの影が飛び出してきた。

反射的にナイフを抜こうとしたけれど、その前に衝撃が来る。

身体ごとぶつかって来た相手は私をガッと岩壁に押しつけた。腕をひねり上げられて動けない。

このにおい……猫獣人《ムシュク・ドストラー》だ！

「チヤ！」

声と同時に、隊長が犬《イート》に変身しながら川を飛び越えてきた。

が、着地した瞬間バシィッと空間に衝撃が走り、「ギャンッ」と鳴き声を上げる。

私を取り押さえている奴の他に、もう一人、呪術師がいる！

はじかれて川に落ちた隊長が、かろうじて水の流れに逆《さか》らい、こちらの岸に爪を立てた。ナフィーサとクドラトの「隊長！」という声がかぶる。

そこに、涼《すず》やかな声がした。

「ザファル隊長、申し訳ありません。この猫獣人《ムシュク・ドストラー》、預からせていただきますね」

この声には聞き覚えがある。ニルファルだ。

じゃあ、私を押さえ込んでいるのはディルバ！

はらり、と川にロープが落ちる。瞑想所《めいそうじょ》の柱に結んでいた側を切られた。ナフィーサとクドラトが川を渡れない！

「ニルファル、何を！」

クドラトの声に、ニルファルが答える。

「クドラト、あなたに協力してもらおうと思って、色々と打ち明けたのに。まさかお嬢さんを隠そうとするなんて思いませんでした。話をしたいだけ、と言ったでしょう？」

たった今こんな行動に出ておいて、そんなの信じられるかぁぁぁ！

私は必死で、ディルバの拘束《こうそく》を振りほどこうとした。

「たいちょ……！」

早く助けないと、隊長が流される！

ニルファルが何かつぶやいた。そのとたん、フッと身体の力が抜ける。

くたっとなった私を、ディルバが肩に担《かつ》ぎ上げた。ニルファルが隊長に近づくのが見える。

隊長を川に落とす気……!?

「だ、だめ」

声を上げた時、ビシュッ、と矢が飛んできた。クドラトがニルファルを攻撃している。

軽い舌打ちの後、ニルファルがディルバに言った。

「……ディルバ、引きますよ」

私を担《かつ》いだままディルバが瞑想所《めいそうじょ》の中に駆け込む。ニルファルがすぐに追ってきた。

くっそお、意識ははっきりしてるのに身体が動かない！

「チヤッ、必ず助ける！」

隊長の声が、追ってきた。

それどころじゃないでしょっ、隊長、今は自分の心配して……！

ニルファルとディルバは、瞑想所《めいそうじょ》を通り抜けるとゴンドラには向かわず、すぐ脇《わき》の坂道を下った。

「お嬢さん、先日はどうも。本当は、三年前にもお会いしているはずなんですけれど」

ニルファルの口調は妙に丁寧だ。私はかろうじて顔を上げ、彼女をにらみつける。

「知らにゃいっ」

「あぁ、そうですね。でもヤジナで再会したのですし、あなたがそうだと知っていれば、あの時に色々お話ししたのに。チヤでしたね、出身はどちら？」

言うか、バカッ。

黙りこくる私に彼女は、ふふっ、と笑った。

「言えないのが証拠、かしら。やはりあの時私が呼び出したのは、あなたですね。最初はもっと小さな手ごたえだったんですけれど、途中でなんだかおかしなことに……まあいいわ」

そして、進行方向に視線を戻した。

「妖気の穴はね、こちらから行けるんです」

「穴、近よれない、絶対」

私は歯ぎしりしながら言う。

穴のある図書館の跡はファルハドの館の近く。館をとり囲んだ湖に主《アンシー》がいるのに近寄れるもんかっ。だから怖くない！

ところが、ニルファルは私を見て、うっすらと笑った。

「近寄れなくても、いいんですよ。あなたを上から落とせれば」

ぞわっ、と寒気が走った。

前言撤回、怖い。怖くてたまらない。

妖気の穴に落とされたら、私どうなるの？　人間や獣人《ドストラー》が妖魔《ようま》になった例はないって、クドラトは言ってたけど……穴の中には何があるの？

「震えてるの？　ごめんなさいね、私も胸が痛みます。眠らせてその間に全てを済ませてあげたいけれど、やはり生き物というのは目覚めている時が一番、生命力を放っているの。妖気にあなたの生命力を感じ取らせ、確実に道をつなげたい。それに私も、反応を感じ取りたいですし」

そんな彼女の言葉に、ますます、震えが止まらなくなった。

大丈夫、大丈夫。今ごろ、ナフィーサとクドラトがなんとかして隊長を助けてるはずだから、きっと追いかけてきてくれる。絶対助けるって、言ってくれた。だから大丈夫！

私を担《かつ》ぐディルバの動きが変わった。ロープを使ってどこかを上っているらしく、担《かつ》がれた私の視界には岩と垂れ下がったロープが見えている。川に来る前に、彼一人でここを上ってロープを設置しておいたんだろう。

ニルファルは先に上ったらしい。上り切ったディルバはロープを引き上げてしまった。

こんな場所だと、隊長たちは上ってこれない。このルートで私を追ってくることは、できない……。

少しずつ、希望が削られていく。私は他のことを考えようとした。

そうだ、トゥルガンはどうなったの!?

ニルファルとディルバは必ず砦《とりで》を通って下りてきたはず、トゥルガンに見つかったに違いない。

「……トルガンは？」

身体が震えて、小さな声になる。けれどディルバには聞こえたらしく、初めて聞く低い声が答えた。

「少し、おとなしくしてもらっている」

よかった、殺されてはいないようだ。

どうか、痛めつけられていませんように。そしてセンセも、無事でいますように。


かなり時間が経《た》ち、やがてディルバは足を止めた。

岩にもたれかかるように下ろされる。私は、どうにか首を少し動かして、あたりの様子を確認した。

ここは、突き出した崖《がけ》の上だ。私から見て右側は、ずっと上の方まで続く絶壁。左は見渡す限り崖《がけ》が続いている。崖《がけ》の下の方にちらりと第二陸橋《りっきょう》が見えた。

「ほら、ここ、図書館の真上なんですよ」

ニルファルの言葉に続き、ディルバがご親切に私の首根っこをつかんで崖下《がいか》を覗《のぞ》かせてくれた。

湖の中に、ファルハドの館が浮かんでいるように見える。館の外側では柱が何本も崩れていて、館の隣にぽっかりと円形の穴が開いていた。穴の周りを囲む建物の残骸《ざんがい》は、崩れた図書館だろう。

穴の中心部には靄《もや》が渦巻《うずま》いており、ぼんやりと赤く光っている。

「インギロージャの後、ここから岩を落として穴を埋《う》めようとしたそうよ。でも、全然うまくいかなかったとか」

おっとりとニルファルは言う。

「三年越しの実験になってしまったわね」

だいぶ麻痺《まひ》が抜けてきたので、私は壁沿いにずりずりと後退する。でも、すぐにディルバに気づかれて引きずられ、また崖《がけ》の縁《ふち》に戻された。ニルファルが私のベルトに呪《まじな》い札を挟む。

膝《ひざ》がカクカクする。怖い、でも大丈夫、きっと大丈夫。

「これが成功して、ダラの妖気が弱まったら、ここは再び呪術師たちの聖地となるかもしれません。チヤ、想像してみて。あなたが、聖地復興の『鍵』となるのよ」

あくまでも柔らかな、ニルファルの声。ディルバが、私をかかえ上げる。

今までで一番優しい声で、ニルファルが言った。

「ありがとう、チヤ。さようなら」

私は空中に放り出された。

赤い靄《もや》に向かって、落ちる。

何も考えられず、ただ目を見開いて、落ちていく先を見つめて——

その時、どっ、と、真横から何かがぶつかってきた。私はとっさに、全力でそれにしがみつく。

袖《そで》なしの軍服にふっさりした毛、その下で躍動する筋肉。

ドン、という衝撃と共に私たちは、岩の柱の上に下りたった。

崖《がけ》の上で、ニルファルが愕然《がくぜん》とこちらを見つめている。

私はかすれた声で、助けてくれた彼の名を呼んだ。

「ザファルたいちょ……！」

「チヤ」

低い声が身体に響く。

隊長、隊長！

「知ってたかニルファル、俺は少々ダラに詳しいんだ。何しろインギロージャ前からいるからなぁ」

ニヤリと歯を剥《む》き出して、隊長がニルファルに大声で皮肉を言っている。

私は犬《イート》の姿の隊長の背中に乗ったまま、顔を上げた。

崖《がけ》から落ちる私を隊長はどこから助けたのだろうか？

よく見ると、砦側《とりで》の岩棚の一部が崩れ、石の建物が見えていた。隊長が囁《ささや》く。

「あそこは呪術師たちの私邸の裏手にあたるんだ。アルティンクの地図を見てたから思いついた。位置的に岩壁の穴が図書館側に抜けていそうだってな」

じゃあ、あんなところからジャンプしたの!?

私は隊長の背中から滑り下りると身体につけられた呪《まじな》い札を破り捨て、正面からもう一度首に抱きついた。

「隊長、川、落ちなかった！　よかった！」

「やれやれだ。クドラトが投げ縄の要領でロープを投げて、ナフィーサと二人で引っ張り上げてくれた」

なるほど！

「あらためて俺がロープを張り直し、川を渡った。でも、お前を見失って……とっさに地図を思い出して、俺だけ私邸に戻ったんだ。ニルファルは図書館に行くと思ったからな。間に合ったなー」

べろん、と隊長が私の頬《ほお》を舐《な》める。

気がつくと、崖《がけ》の上からニルファルとディルバの姿が消えていた。

逃げた⁉

「乗れ、チヤ。追うぞ！」

「はい！」

私はありがたく、隊長の背にまたがって首にしがみついた。もうだいぶ、力が戻ってきている。

「落ちるなよ！」

隊長がジャンプした。石の柱に飛び乗り、そこからまた別の石柱へ。

ひええ、怖い！

ようやくしっかりした岩棚に飛び移ると、隊長は全速力で走り出した。

瞑想所《めいそうじょ》の近くまで追っていくと、前方から刃物のぶつかり合う音が聞こえてくる。

岩棚の、少し広くなった場所で、ナフィーサがディルバと切り結んでいた。ディルバは右手にナタみたいな形の短刀を持ち、左手は爪を使って戦っている。ナフィーサの後ろにクドラト、ディルバの後ろにニルファルがいて、互いに少しずつ位置を変えながら両手を組み合わせて呪術のタイミングをはかっていた。

うなり声と共に隊長が坂を駆け上がる。それに、ディルバが気づいた。ちっ、と舌打ちして、彼はいきなりナフィーサにぶつかっていく。

「ニルファル！」

ディルバの声に、ニルファルが反応した。ディルバの横をすり抜けながら、クドラトに向かって呪術を放つ。

彼女はそのまま戦場を離脱して、ディルバを置き去りに坂道を上って逃げていく。

「ディルバを捨て石にして、ゴンドラを奪う気だ」

私を背中に乗せたままの隊長がつぶやき、ニルファルの後を追って走り出した。

ゴンドラを奪われたら、私たちは彼女には追いつけない！

ニルファルは走りながら、ちらりとこちらを見て、手を組み合わせる。

バシッ、と足元の岩に亀裂《きれつ》が入った。

隊長がたたらを踏み、その隙《すき》に私は隊長の背から下りた。私が乗っかってたら邪魔になる。

亀裂《きれつ》を飛び越えて再び隊長がニルファルを追う。その間に、彼女はゴンドラにたどり着いた。

籠《かご》の前でこちらに振り向いたニルファルは、呪《まじな》い札を一枚取り出した。

彼女は微笑み、札を掲《かか》げてこちらを牽制《けんせい》しながら、後ろ向きに籠《かご》に近づく。

その時、すうっ、と、籠《かご》の陰から手が伸びた。

札を持ったニルファルの手首が、後ろからガッ、とつかまれる。驚愕《きょうがく》して後ろを見ようとしたニルファルの首に、もう一本、腕が巻きついた。

ニルファルは声が出せないまま、ゴンドラの籠《かご》の中に引き込まれた。

かわりに籠《かご》の中から出てきたのは――

「トルガン！」

私はびっくりして声をあげた。トゥルガンはにっこりと笑う。

「みんな、無事か？」

「お前こそ無事だったか！」

隊長が駆け寄ると、彼は笑みを自嘲《じちょう》に変える。

「情けないことに不意打ちされて、縛られた。ホールに転がされてたんだけど、こいつを呼んだら縄を切ってくれたよ」

彼が指さしたのは、ゴンドラの籠《かご》。その縁《ふち》にとまっているのは、センセだ！

「縄、がじがじ？　センセ、えらい！」

私はセンセに近づき、撫《な》で撫《な》でした。ニルファルは籠《かご》の中で気を失っている。

「そんな事態だったから、何かあるだろうと思って俺も下りてきた。足手まといになるとまずいから隠れてたけど」

トゥルガンが話しているところへ、クドラトが走ってきた。

「隊長殿、すみません」

「ディルバは？」

「ナフィーサに腕を一本やられて、逃げ出しました。ダラを下ってます。どうしますか」

一人でダラの底へ逃げるなんて、無謀だ。いずれ、大きな妖魔《ようま》にやられてしまう。でも……

「運よく生き延びるかもしれない。いつダラの底から戻ってくるかもしれないと思ったら、おちおち眠ってられっかよ」

うん、隊長の言う通りだね。追いかけてちゃんとつかまえなきゃ。

トゥルガンが言った。

「ニルファルは俺がゴンドラで上に連れていく。みんなの帰りを砦《とりで》で待ってるよ」

気絶しているニルファルを、クドラトがロープと呪術を使ってがっちりと縛《いまし》めた。これで逃げられないはずだ。

私の麻痺《まひ》は、クドラトに完全に解呪してもらう。

「行くぞ！」

走り出した隊長、私、クドラトは、戻ってきたナフィーサに行き合った。

「途中まで追ったんだけど、トロッコに乗られちゃった。あいつ、下に行く気だわ」

「よし、追うぞ」

私たちはトロッコのレールを避け、岩壁に貼りつく坂道を走って下った。

トロッコは駅に到着していたけれど、ディルバの姿はない。クモの巣があったところを通過してさらに下る。

岩壁を回り込んだ場所で、ディルバが小型のバッファローみたいな妖魔《ようま》に攻撃されていた。彼は私たちに気づくと、妖魔《ようま》をこっちに蹴り飛ばしてくる。

妖魔《ようま》が私たちに気づき、こちらに向かってきた。その隙《すき》に、ディルバは逃げていく。

すぐに隊長とナフィーサが応戦し、妖魔《ようま》は谷底に落とされた。

私たちは再び追跡する。やがて、第二陸橋《りっきょう》が見えてきた。

ディルバは怪我《けが》をした右腕を押さえながら、よろよろと橋を渡っている。

彼が橋を渡りきる直前、私たちはディルバに追いついた。隊長が背後から飛びかかり、橋の床に押し倒す。

「ニルファルは捕《と》らえた。諦《あきら》めろ」

前足で彼を抑え込んだまま、隊長が言った。

首をひねり、隊長を見上げたディルバは、荒い息をつきながら少し笑う。出血が多いのか、視線が定まっていない。ナフィーサが近寄り、彼の左腕を背中側にひねり上げるようにして起こす。

血を流しながらだらりと下がっているディルバの右手が、ゆるく短刀を握ったままなのに、私は気づいた。その短刀の先には札が刺さっている。

ディルバがよろめき、身体を倒した。

そして、右腕に持った短刀を橋の外に出し、札ごと短刀を岩棚に突き立てた。

ビキッ、という音と共に、岩棚が割れ、ガクン、と橋が揺れる。

その瞬間、ディルバが隊長とナフィーサの手を振り切って私に体当たりしてきた。

「にゃっ!?」

私を道連れに湖に落ちる気!?

が。さすがに、何度も不意打ちをくらう隊長たちではない。

隊長が、前足の爪をディルバのベルトに引っかけている。おかげで、体当たりの力は弱まり、私は後ろにいたクドラトに受け止められた。

隊長がディルバから手を離し、岸にジャンプする。私たちも急いで橋を脱出した。直後、橋がガクンと大きく沈む。

「やっぱり、無理か」

橋の半ばで倒れたディルバのつぶやきが聞こえた。その姿は、傾《かたむ》き始めた橋の柱に遮《さえぎ》られて見えなくなる。

橋の土台の岩場がビキビキと音を立てて割れた。

橋は、こちら側から落下し、ザン、ザバァン、と大きな水音と共に、湖に突き刺さった。大きな波がいくつもファルハドの館に打ちつける。

水の中に、赤い光が三つ、ゆらりと浮かび上がった。それは橋の周りをぐるりと一周し、やがて、どこかへ去っていった。

「……手強《てごわ》かったわね」

ナフィーサが膝《ひざ》に手を置いて息をつく。

ディルバはこれでいなくなったけれど、まだダラには妖魔《ようま》がいる。気を抜いてはいけない。

「妖魔《ようま》が来るとまずい、みんなこっちに移動」

隊長の先導で、私たちは以前川に流された時、一晩を明かした宿泊所に行った。ここなら、大きな妖魔《ようま》は入ってこられない。

もう、だいぶ陽《ひ》が傾《かたむ》いている。

保存食を少し食べ、休憩しながら、クドラトが眉間にしわを寄せて言った。

「橋が落ちてしまったので、トロッコや南ゴンドラ方面には行けません。ダラのこちら側から回るとなると、砦《とりで》に戻るのに相当時間がかかりそうですね。『巨人のランタン』が照らす時間内には無理そうです、夜を明かす場所を決めないと……」

隊長がニヤリと歯を剥《む》き出した。

「何か忘れてないか？」

ちょっと考えたナフィーサが、あ！　と手を打つ。

「今は東ゴンドラが使えるんだった！」

「そうだ。煙生草《えんせいそう》で合図しながら東側を上っていこう。トゥルガンはこっちを気にしてるだろうから、気づいてゴンドラを下ろしてくれるはずだ」

「それなら、ランタンの灯《ひ》のあるうちに戻れそうですね」

クドラトも微笑んでうなずく。そして、ふと私を見た。

「チヤ、しっかり食べましたか？　さっきから黙ってますが、大丈夫ですか」

「あ、はい」

私は顔を上げる。ちょっと考えごとをしていたのだ。

「あの……あの橋」

「うん？」

隊長が、私の話にピンと耳を立てた。

「こう、ぐさって。ちょっと、ななめ」

私は、落ちた橋が湖に刺さっている形を、手で表現した。

「岸と、橋。ファルハドの館。私、たぶんとどく」

他の三人が、「え？」という顔で私をまじまじと見つめた。私はひとつ、うなずく。

「ファルハドの館、行ける、かも」


波の収まった湖の岸辺に、私たちは下り立った。

岸から橋、端《はし》から館まで、どうにかジャンプできそうだ。岸と橋を一本のロープで結び、橋から館をもう一本ロープでつなげば、他のみんなも渡れるだろう。途中でロープを結ばなければいけないから隊長には少し難しい。

「ロープ、二つ、ある？」

「あるけどさ」

答えたナフィーサが、いつになく真剣な顔になった。

「やめた方がいいよ、チヤ。だって、ちょっと足を滑らせて落ちたら終わりよ？ 主《アソシー》がいるんだから。怖くてやめたって、誰も責めないわ」

私はちょっとひるんだけど、考え考え答えた。

「ニルファル、軍に連れてく。私のこと、話す、ええと……私、ダラにいられる、わからない」

私がニルファルによって他国から呼び出された人間だとわかった時、特殊部隊員のままでいられるかどうかは、わからない。

「だから今、行きたい。お手伝い」

猫の手を、ひょい、と上げて見せる。

私がこの手を貸せるのは今しかないかもしれないんだから、今お手伝いしないと。今度いつファルハドの館に行けるかわからない。

「隊長、なんとか言って」

ナフィーサが腰に手を当てて言う。隊長は私をじっと見つめると、言った。

「……クドラトのロープ、かなり長さがあったよな」

クドラトが鞄《かばん》からロープを出す。隊長はロープに顔を近づけて長さを確かめると、ふいに人間の姿に戻った。変身してからとっくに一刻以上経《た》っている。

隊長はロープを手にして言った。

「これを半分に切って、一本をチヤの腰に結んで俺が持つ。命綱《いのちづな》だ」

これなら、もし私が落ちてもすぐに引っ張り上げてもらえる。

アルさんのことがあるから、私はインギロージャの謎を解きたい。隊長はきっと、その気持ちを汲《く》んでくれたんだ。

ナフィーサは肩をすくめて、ため息をついた。

私が「ねーさん……ありがと」と言ったら笑ってくれたけど、気のせいかいつもの元気がない。

「行こう」

隊長が顔を上げた。

主《アツシー》の赤い光が遠くにいるのを確認して、私は橋の半ばに飛びついた。そこから下を覗《のぞ》き込む。

水の上にディルバの剣帯が浮かんでいた。

ニルファルを逃がそうとして死んで、本望だったんだろうか。

気分が沈んできたので目をそらし、壊れた橋を一番高いところまで上る。ロープを結びつけると、隊長たちが岸の向こうでもう一端《いったん》を固定してくれた。そして、そのロープを伝い渡ってくる。

全員が渡り終えた後、顔を上げてファルハドの館を見た。

緑がかった白い石でできた、綺麗な建物だ。螺旋《らせん》階段を囲む壁の、彫り込まれた文様が絵画のようで美しい。小さく波が打ち寄せる一階部分の壁は、苔《こけ》が生えて緑色になっている。

「お前を部隊に誘った時は、館の裏の石柱をうまく使って渡れねぇかなと思ってたんだよな」

隊長が言う。

「そこまで行くのが、また骨なんだが。……まさか落ちた橋が、石柱の代わりになるとは」

もう一本のロープを鉄骨に結びつけ、再びジャンプし、私は二階のバルコニーに下り立った。そこはどうやら客室らしい。手すりが丈夫かどうかを確認し、ロープの端《はし》を結ぶ。

まず隊長、次にナフィーサ、そしてクドラトが移動してきた。

「…………」

裸足《はだし》でバルコニーに下り立った隊長は、開いた窓の前に立って、黙って中を見回している。

十三年間、行きたいと願い続けた場所に、隊長は今、立っているんだ。インギロージャに関係する謎がここに眠っているはず。

探索を始める前に、隊長はだぶっとしたズボンのポケットから、ペタンコの布靴を取り出した。

「こないだもブーツ流されたからな。さすがに懲《こ》りて準備してた」

履きながら隊長が笑い、すぐに顔を引きしめた。

「よし、市長の私室を探せ！」

私たちは行動を開始する。

水に囲まれたおかげで主《アッシー》以外の妖魔《ようま》が近づけなかったらしく、ファルハドの館は静かだ。

一階や地下は水に沈んでしまっていたけれど、幸い市長の部屋は二階にあった。

私たちは棚から紙の束をいくつか引っ張り出し、大きな会議机の上に広げる。

「ダラの研究費の記録だ。呪術師たちが仕事で得た金や、王家やヤジナ領主からの援助が大半だが……む。個人的に援助している貴族がいたようだな」

紐《ひも》で綴《と》じられた帳面を指さし、隊長がつぶやいた。

「名前は、ケインギ・シモル・ウーズル。北ヤジナの町長だったか……現ヤジナ領主の甥《おい》だ」

隊長は私にもわかるように説明してくれる。

クドラトが眉をひそめた。

「もしウーズル卿が、呪《まじな》い石を動物に埋《う》め込む研究を支援していたとすると、何のためでしょう」

「ウーズル卿といえば、中央ヤジナ領主の後継者候補の一人だ。今は第一候補と目されているが、インギロージャ当時はまだ若かったし、彼は野心家で有名だ。……嫌な想像しかできないな」

隊長が軽くため息をつく。私は思わず言った。

「よ、妖魔《ようま》の軍隊、つくる……とか」

邪魔な候補者は妖魔《ようま》軍を使って消す！　クーデターだって起こせるぞ！　みたいな？

クドラトが鼻で笑った。

「作った側の手に負えなくなるでしょうが」

うっ。そうか。

「呪い《まじな》石に呪術師の力を強化させる効果があることを知り、自家のおかかえ呪術師の力を強めるために量産したかったのではないでしょうか。……まあ、もしかしたら他にも使い道があるかもしれませんが」

「何かのきっかけで石のことを知ったウーズル卿は、呪術師たちの探求心に資金という薪《まき》をくべて研究を秘密裏《ひみつり》に進めさせ、自分のために使おうとした……ってところか」

隊長がうなる。

「この帳面を持ち帰って、私邸にあった視察の記録とつき合わせてみましょう。ウーズル卿がいつごろから研究にかかわるようになったのか、わかるかもしれません」

クドラトは言い、今日のうちに宿泊所に全ての資料を移動させてしまおう、という相談を隊長と始めた。もし私が部隊を離れた後に、なんらかの原因でロープが切れたら、館に入れなくなるかもしれないからだ。

部屋を見回して、私はナフィーサの様子が少しおかしいのに気がついた。さっきから一言もしゃべっていない。彼女は、机の上の帳面を見つめたまま、軽く爪を噛《か》んでいる。

「ねーさん？」

私は心配になって話しかけた。ディルバは強かったもん、あんなのと戦えば疲れたに決まってる。

「ん？　あーあ、嫌ねぇ権力闘争なんて。こういうの大っ嫌い」

ナフィーサは手を下ろすと、うんざりした顔をした。

それで不機嫌だったのかな。

時間は限られている。せっかくたどり着いたファルハドの館だけど、私たちはざっと探索しただけで、資料運びを始めた。

宿泊所にだいたいの資料を運び終え、その中でも怪しいものを選ぶ。私邸で見つけた研究資料もあるから、あまり多くは持てない
そして、隊長は妖魔《ようま》の相手をするためにもう一度犬《イート》に変身し、私たちは東のゴンドラに向かった。

道は上り坂になり、岩の間をよじ上りながら妖魔《ようま》と戦う。そのあたりから煙生草《えんせいそう》で煙を出し始めた。

巨人のランタンの下あたりに出た頃には、日が暮れてからだいぶ時間が経《た》っていた。ランタンは消える寸前で、クドラトが呪《まじな》い札で明かりを作る。

そして、そこから少し上った場所に、ゴンドラが下ろされていた。私たちはそれに乗り込み、上

に向かう。

「みんな、おかえり……！」

砦《とりで》にはいくつか篝火《かがりび》が焚《た》かれ、トゥルガンがまたもや半泣きで出迎えてくれた。センセが私の肩に飛び移ってくる。

「朝から、長かったですね……！」

「腹減った！」

クドラトも、人間に戻った隊長も、さすがに疲れを隠しきれない様子だ。私ももうヘトヘト。

「ニルファルは？」

「縛ったまま倉庫だよ。彼女にも何か食べさせないといけないけど、戦えない俺一人でやって逃げられてもまずいと思って」

トゥルガンが答える。ナフィーサが言った。

「隊長、クドラト、先に倉庫に行って。あたしも資料を隊長室に運んだら行くわ。はい」

彼女は手を差し出した。隊長とクドラトが荷物を預け、さらに隊長が鍵を渡す。

「頼む。悪事の証拠だ、厳重に保管しないとな」

「チヤも、ここに載せちゃって」

「ありがと」

私は自分の持っていた資料をナフィーサの抱《かか》える資料の上に載せた。

トゥルガン、隊長、クドラトがホール一階の南翼側の扉を開けて倉庫に向かう。私もそちらについていった。

ニルファル、どんな様子だろう……観念したのかな。

廊下を歩いていたその時、かすかな音がした。耳をピンと立てる。

この音は……もう夜なのに、誰かがホールの扉を開いた……？

一瞬迷ったけれど、私は身を翻《ひるがえ》した。

誰か来たのかもしれない、倉庫は他の人に任せよう。

ホールに戻ると、荒野側の扉が開いていた。けれど、誰もいない。

荒野の方に顔を出す。ホールの明かりが外にもれ、人影が厩《うまや》に走り込むのが見えた。

今、外に出られる隊員は、ナフィーサしかいない。

「ねーさん？」

私は急いで、厩《うまや》に向かって走った。

厩《うまや》から馬を引き出し、跨《また》ったのは、やはりナフィーサだった。大きな荷物を持っている。

「それ、資料。なんで」

私は目を見開いた。ナフィーサが貴重な資料を持ち出そうとしている。

闇の中、彼女が、寂しそうに笑った。

「ごめんね、チヤ。見逃《みのが》して」

「まっ」

制止する間もなく、ナフィーサが馬の腹を蹴る。馬はヤジナに向かう森の方へ走り出した。

「待って！　ねーさん！」

「チヤ!?」

異変に気づいた隊長たちが砦《とりで》から走り出てくる。クドラトが片手を掲《かか》げ、呪《まじな》いの明かりがパアッとあたりを照らした。遠ざかるナフィーサが見える。

地面に手をついて変身の体勢になった隊長が、うなった。

「くそっ、変身しすぎた」

変身できないんだ。それじゃあ、馬には誰も追いつけない！

その時、意外なことが起こった。

魔法のように、森の中から騎馬《きば》が何騎《なんき》も現れたのだ。

進路をふさがれたナフィーサの馬がいななって止まる。

「ダラ特殊部隊の隊員か？　聞きたいことがある！　止まれ！」

男性の声がして、二騎がナフィーサの馬に近寄るのが見えた。残りの数騎が、こちらに走ってくる。馬の胸につけられた垂れ布に、何か紋章がついていた。

「西ヤジナの町の紋章だ」

つぶやく隊長。

でも、私はそれどころじゃなかった。

「うそ」

驚いて、後ずさる。

先頭の馬に乗ってる人を、私は知っていた。

鮮《あざ》やかな藍色《あいいろ》の長髪、偉そうな雰囲気。

バルラスさん！

ほんの数ヶ月前まで聞いていた、懐《なつ》かしい声がする。

「ダラ特殊部隊、ザファル隊長はいるか」

「俺です」

隊長が進み出る。

私はとっさに、クドラトの陰に隠れた。「チヤ？」とクドラトが少し戸惑《とまど》っている。

だって、合わせる顔がないよ……！

「このような時間にすまない。私はバルラス・ガラブ・ハイマン、西ヤジナを治めている。急ぎの用があって来たのだが……取り込み中か？」

「いえ、助かりましたハイマン卿。あそこにいる彼女に用があったんですが呼び止め損ねまして」

なんでもないように隊長が言う。

「ご用件を伺《うかが》います、中へどうぞ。ナフィーサ！　お前も戻れ！」

ナフィーサは諦《あきら》めたようにおとなしく戻ってきた。

隊長の声を聞きながら、私の心臓はバクバクいっている。

バルラスさんのもとを飛び出して遠くまで来たつもりだったのに、また会ってしまうなんて。

「ああ、それと」

馬から下りながら、バルラスさんが言った。

「そこに隠れているのは、猫獣人《ムシュク・ドストラー》か？」

えっ⁉

「チャコ、だろう？」

……心臓が一瞬、止まった。

「軍のヤジナ支部で聞いた。変わった三色の毛並みの猫獣人《ムシュク・ドストラー》がダラ特殊部隊を手伝っていると」

私は恐《おそ》る恐《おそ》る、クドラトの陰から出た。バルラスさんの顔が見られなくて、うつむいたまま立ちつくす。

隊長が私の隣に立ち、少し硬い声で言った。

「ええ、手伝いどころか正隊員並の仕事をしてくれています。彼女が何か？」

そこに、森の中から小さな馬車が現れた。バルラスさんの横で御者《ぎょしゃ》が馬を止める。

バルラスさんが馬車に向かって声をかけた。

「いたぞ」

すると、馬車の扉がバン、と開き、ドレスを翻《ひるがえ》して女性が飛び降りた。

ミルクティー色の髪、緑の瞳。少女らしさを残した、美しい人。

私は目を見張った。

嘘……嘘っ！

「チャコ！」

その人は、涙声で叫ぶ。

「アルさんっ！」

私は走り出した。駆け寄ってくるアルさんの胸に、真っ直ぐに飛び込む。

あったかい。幽霊じゃない、ずいぶん痩《や》せたけど、本当に本物のアルさんだ！

「チャコ、ああよかった、無事だったのね！」

泣きながら私の頬《ほお》の傷痕《きずあと》を撫《な》でるアルさんに、こっちまで思わず泣き出す。

「アルさん、生きてる……！　うわぁぁん」

「ああ、ごめんなさい！　思い出したの、私、思い出したのよ！」

わんわん泣きながら抱きあう私たちに、バルラスさんが呆《あき》れ声で言った。

「落ち着けアル、お前はまだ本調子じゃないんだ。とにかく砦《とりで》に入るぞ」

私たちは全員で、砦《とりで》の中に移動した。

隊長室は狭いので、食堂に集まることになる。隊長室からソファを運び、そこにバルラスさんとアルさんが座った。後ろに軍人さん数人が立つ。私たち特殊部隊の隊員は食堂の椅子《いす》に腰を落ち着けた。ナフィーサも、うつむいてじっと座っている。

「後ろの者たちは私の腹心だ、話に同席させたい。チャコは知っているだろう」

バルラスさんに言われ、私はちらりと視線を上げた。

ホントだ……私を訓練でしごいた人がいる。

「チャコ？」と、クドラトが首を傾《かし》げ、隊長が静かに口を挟んだ。

「ここでは、チヤと呼ばれています」

「そうか。……ダラの部隊の全員に、聞いてもらいたい話がある」

バルラスさんは私たちを見渡した。

「私は、中央ヤジナ領主の後継者候補の一人だ。現在は第一候補が、北ヤジナ町長ウーズル卿。その次が私だな。チャコ、わかるか」

私はうなずく。ちゃんと、私にわかるように話してくれているんだ。ウーズル卿はファルハドの館から出てきた資料で見た名前だから知っている、今のヤジナ領主の甥《おい》。

「十三年前、インギロージャが起こる少し前のことだ」

バルラスさんは、話し始めた。

当時、ダラは呪術師たちの聖域だった。研究都市としてさまざまな特権が認められていたのだ。それを利用して政治的な不正を働いた貴族がダラに逃げ込んでいるのではないかという疑いが持ち上がった。

バルラスさんは当時十七歳。お父さんを早くに亡くして家を継いだばかりの彼は、その噂《うわさ》を聞き、軍で一度ダラを徹底調査するべきだと領主に訴《うった》えていた。

そんな矢先に、インギロージャが起こったのだ。

やる気満々のバルラスさんは、お父さんから引き継いだ有能な部下たちと共に、インギロージャの原因を誰よりも早く突き止めようと考えた。領主にいいところを見せたかったのだ。

でも、生き残った人々を訪ねては聞き取り調査をしている途中、生き残りである二人の学生が、突然死んでしまった。

　何かあると感じた彼は、もう一人の少女を保護せねば、と急いでアルさんを探し出した。幸い王都で難を逃《のが》れていたアルさんは、ダラでの記憶を失っていた。

　彼女は重要なことを知っているかもしれず、いつその記憶が戻るかわからない。インギロージャの原因がわかるまで誰にも知られないよう、彼女の養父母には固く口止めして、ウルマン近郊の森の屋敷でかくまうことにした。

　バルラスさんは西ヤジナで町長として働きながら、時々アルさんの様子を見にいって、記憶が戻ったかどうか確かめていた。アルさんはどんどん美しく成長し、やがて、バルラスさんとアルさんは恋に落ちた。

　そして、バルラスさんは、アルさんに護衛をつけた。彼女の慰《なぐさ》めになり、一日中そばにいても大人の女性の負担にならず、戦える護衛……


「それが、チャコだ」

　バルラスさんの言葉に、クドラトとナフィーサが私を見る。私は小さくうなずいた。

　バルラスさんの話は続く。

「数ヶ月前、屋敷を離れている時、何者かがアルの存在を探っているという情報をつかんだ私は、急ぎ屋敷に戻った。まさに屋敷を襲撃されているところで、アルが刺され……。アルの関係者は狙われる、と考えた私は、戦いのさなかにチャコ——チヤを逃がした」

ん？　逃がした？

「さらりと言わないでください」

アルさんが憤然《ふんぜん》と言った。

「『出ていけ、二度と戻ってくるな』なんて、ひどいことをおっしゃったじゃないですか。どうして『危ないからどこかへ逃げろ、必ず探し出すからそこで待ってろ！』と、言えなかったのです？」

「チャ、チャコが理解できるよう、とっさに単純な言葉で言おうと思ったんだ！」

え⁉

「チャコはバルラスさまが思っているほど子どもではありません、ずっと賢いのです！　本当に二度と会えなくなるところだったわ、それでもよかったのですか⁉」

「そんなわけあるか、あんなに可愛がっていたのに手放したいと思うはずがなかろう！」

えええ⁉

めっちゃ厳しくしごかれた記憶しかないんですけど、アレで私を可愛がっていたぁああ⁉

呆《あき》れつつもホッとして、肩の力が抜けた。横を見ると、隊長が私を見てニヤリと笑う。

「とにかく！」

バルラスさんが仕切り直す。

「チャコに細かいことを話しても理解できると思っていなかったため、詳しいことは話していなかった。事情を知る者は少ない方がいいしな。アル自身にさえ、亡くなったアルの両親から頼まれた、としか話していなかったのだ。しかし、刺された衝撃で、アルの記憶が戻った」

「私、自分が呪術の力を持っていたのを思い出したのよ。それで、危《あや》ういところで自分に術をかけたの。止血の術を」

アルさんが、自分の胸に手を置いて言う。

そうか、それで命が助かったんだ！

「落ち着いた時には、もうそばにチャコはいなかった。寂しかったし、インギロージャの恐《おそ》ろしい記憶が蘇《よみがえ》って混乱して、もうずっとめちゃくちゃだったわ。ようやく最近になって、ダラで見たのがなんだったのか理解したの。ある呪術師の私邸で私たちが見たのは……」

「動物実験、ですか」

隊長が言い、バルラスさんとアルさんが目を見開いた。

「知っていたのか？」

「まさに今日、その証拠をつかんだところです。な」

隊長が私たちを見た。クドラトと私はうなずく。ナフィーサはまた、うつむいていた。

今日わかったことを隊長がざっと説明すると、バルラスさんは小さく笑った。

「驚いたな。今日話そうとしていた『急ぎの用』というのは、アルが見たものをダラから探し、悪事の証拠を見つけ出せ、ということだったのだが……もう、調査がほとんど終わっていたとは」

「チヤが、ここに来たからです」

隊長は短くそう言った。バルラスさんはうなずいた。

「アルとのつながりが、チヤをダラへ導いたのだな。故意に妖気から妖魔《ようま》を生み出すなど、悪用こそできるだろうが、善行の役に立つことなど決してない。口を封じられた者までいるのだ。かかわった者は処分されることになるだろう。それがたとえ、領主の候補者でも」

資料と、そしてニルファルの身柄は、バルラスさんたちが引き取ってくれることになった。軍のヤジナ支部に連行して、それなりの処分が下されるだろう。

バルラスさんが軍人たちに指示を出している間に、アルさんが私たちの方へ歩み寄ってきた。

「隊長さん、お久しぶりです！」

アルさんはにっこりと、隊長に挨拶《あいさつ》する。隊長は嬉しそうに笑った。

「死んだって聞いてたが、生きてたんだなアルティンク！」

「チャコが隊長さんのところにいるかもしれないって知って、本当に驚いたわ。チャコは私の妹みたいな、それなのに姉みたいな、友だちみたいな……うまく言えないけれど、大事な家族なの。隊長さんも大事にしてくださってる？　こき使ってたりしてませんか？」

「そ、そんなわけないだろ」

隊長の目が泳ぐ。アルさんは、食堂の窓の方に目をやった。

「ダラを見たかったけれど、この時間は真っ暗ですね。あれ以来一度も、ここを思い出さなかった私を、ニサもヨルダムも怒っているかしら」

「仕方のないことだ。よければ明日の朝にでも、屋上の歩廊《ほろう》から亡くなった奴のために祈るといい」

隊長の言葉に、アルさんはうなずく。そして、私の方を向いた。

「私、チャコと話したいことがたくさんあるのよ。二人で話せるかしら？」

うなずこうとした時、お腹がぐうっ、と鳴った。アルさんが軽く目を見開く。

「お夕食、食べていないの!?」

今日私たちがどんなに動き回ったかをすでに知っているアルさんは、バルラスさんに報告する。

「それはすまなかった、すぐに食事にしてくれ。ザファル隊長、隊長室を借りるぞ」

バルラスさんがアルさんを連れて出ていき、軍人さんたちは適当な部屋に散っていった。

食堂には、ダラ特殊部隊隊員だけが残る。

ふっ、と空気が変わった。

「ナフィーサ。今のうちに、話を聞こう」

隊長が静かに言った。ナフィーサはおとなしくうなずき、ためらうことなく口を開く。

「あたし、ウーズル卿の手の者なんです」

資料を持ち出したことから、予想はしてた。でも、信じたくない……

彼女は続ける。

「ウーズル卿に不利な証拠がダラから見つかったら奪えって命令されて、二年前にここに送り込まれました。ヤジナにしょっちゅう行ってたのは、半分は現況の定期報告だったの。……ごめんなさい」

私はハッとして、言った。

「ネズミ《スチ》のオモチャのひと……」

「えっ」

驚くナフィーサに、眠そうな顔の彼とヤジナで会っているのを目撃したことを話す。彼女は天井を仰いで笑った。

「あはは、チヤに見られていたのね。あいつがウーズル卿の腹心なのよ、あたしと卿の連絡役」

「そ、そうか、恋人、ないか」

私があたふたすると、またナフィーサは笑った。

「恋人なんかじゃないわ。気をつかってくれていたのね」

「なぜ、ウーズル卿に手を貸すことになったんだ？」

隊長が尋ねる。ナフィーサは口を開きかけて一度閉じると、もう一度口を開いた。

「言い訳になるから言いたくなかったけど、いずれわかることか。……ウーズル卿の治める北ヤジナの町で両親が店をやってるもんだから、言うことを聞くしかなくて」

お店をつぶす、とでも言われたのかな。本当は、スパイみたいなことをするのは嫌だったんだと思う。

私がファルハドの館に行くことを、ナフィーサは頑《かたく》なに反対した。

証拠が見つからなければ、何もせずに済んだのに、私がいたせいで資料が出てきてしまって、困っただろう。

「……でもホッとしたわ！　ハイマン卿が来てくれた」

ナフィーサは私に視線を移す。

ハイマン卿とはバルラスさんのことだ。

「砦《とりで》から資料を持ち出すのをあと少し遅くしていたら、先にハイマン卿が来てウーズル卿の罪が明らかになったはずだから、あたしは何もしなくて済んだかもね。でも、罪悪感は消えなかったと思う。こうなってよかった。何も知らない両親も、あたしも解放されるんだわ。これから、みんなの必死の頑張りで手に入れた資料を奪おうとした罪を償《つぐな》う。ニルファルと一緒に軍に出頭します」

そして、背筋を伸ばして敬礼した。

「二年間、お世話になりました」

ねえさん……！

急に、トゥルガンが立ち上がった。

「食事にしよう。な、ザファル、いいだろ」

隊長はすぐに「ああ」とうなずく。トゥルガンはさっと食堂を出ていき、そしてお盆に湯気のたったどんぶりを載せて戻ってきた。

「ナフィーサ、たらふく食いな」

「ありがとう、トゥルガン」

ナフィーサは、ニッコリと微笑んだ。

全員で、食事タイムになる。センセも一緒だ。

トゥルガンは私たちがダラから帰るのを待ちながら、色々と作ってくれていたんだけど、残念ながらもう時間が遅い。沸かしてあった湯で麺《めん》を茹《ゆ》でて、私が初めて砦《とりで》に来た時と同じ汁麺《しるめん》を出してくれた。

「あぁ、美味《おい》しい。この美味《おい》しい食事は、心底、惜しいわ」

ナフィーサはため息をついてから、私を見る。

「ハイマン卿ご夫妻に飼われてたチヤと、ウーズル卿に『飼われてた』あたしがここで出会ったのって、なんだか不思議。ま、あたしは飼い主に恵まれなかったわけだけど」

私はその言葉に、ナフィーサと初めて会った時のことを思い出した。

『チヤはやっぱり、人間に飼われてたんでしょ。珍しい毛皮だし、可愛がられたでしょー。あたしも若い頃は、この美貌《びぼう》で結構稼《かせ》いだんだけどな』

あの時、ナフィーサは、ウーズル卿の言いなりになっている自分を卑下《ひげ》したのかもしれない。

隊長が口を開いた。

「今度は、嫌なのにやらなきゃいけないことじゃなく、お前の望むことをやれるように、祈ってるよ」

トゥルガンとクドラト、そして私もうなずく。

ナフィーサは嬉しそうに笑ってから、あっ、という顔をした。

「ここが嫌だったんじゃないのよ、言っとくけど！　確かに最初は嫌々来たけど、働くうちにずっといたいって思っちゃったくらい、いい職場だと思うわ」

「私も。私も、同じ、思う！　ここ、いたい！」

全力で同意する。ナフィーサは、ちょっと心配そうに私を見た。

「そうね。チヤが他国の人間だってことが明らかになっても、ここにいられるように、祈ってる」

その言葉に、私はある決意を固めた。


食事が終わったのは、もう真夜中だった。クドラトはニルファルのことで軍人さんに呼ばれ、トウルガンは宿泊客たちの明日の朝食をどうするか考えながら厨房《ちゅうぼう》へ消えた。

隊長はナフィーサを連れて隊長室に行く。私もセンセを肩に乗せたまま隊長についていった。バルラスさんに事情を話し、ナフィーサの処遇を託《たく》さなければならない。

「証拠の持ち出しは未遂《みすい》に終わったことでもあるし、軍には私から口をきいておく」

ナフィーサのことを話すと、バルラスさんはそう言ってくれた。

重い罪にはならなさそう、よかった……

バルラスさんが部下にナフィーサのことを指示している間に、私は隊長の手を軽く引っ張った。

そして、ソファに腰かけているアルさんのところに行く。

「アルさん、隊長、あの」

私はごくりと喉《のど》を鳴らす。

「話すことある。ふたりだけ。……本当の、私のこと」

二階の空き部屋に、私は隊長とアルさんを連れていった。急いで適当な椅子《いす》を運んできて、座ってもらう。

机に明かりを置きながら口ごもる私を、隊長もアルさんも優しい視線で見守ってくれた。

「私の、故郷、ここと、ちがうところ」

「ニルファルはかなり遠くに『扉』をつないだようだから、俺たちが知らない国なんだろうな」

隊長の言葉に、私は考え考え、言う。

「世界、ちがう。あ、そう、獣人《ドストラー》いない。呪術、ない」

「世界が違う？　獣人《ドストラー》がいないって……お前、獣人《ドストラー》じゃないか」

うまく説明できないけれど、私は頑張って続ける。

「私、人間。猫《ムシュク》だっこ。ニルファル、私よんだ。くっついた」

「『猫《ムシュク》を抱っこ』？　やっぱり、獣人《ドストラー》はいるんだよな？」

え？　どういうこと？

そういえばこの世界で、『人の姿に変身しない猫』は見たことない。犬もだ。今、この世界に普通の猫や犬はいないのだろうか？

「私、人間。身体、本当じゃない」

あたふたしながら、自分を頭からつま先まで示す。

これは、私の本当の姿じゃない。

「『本当じゃない』……」

アルさんが、軽く目を細めて私を見つめ、椅子《いす》から立ち上がった。

「待って……何か、見える。あ、これが本当のチャコなの……？」

なんと、アルさんには私の本当の姿が見えてるらしい。彼女から言ってもらえれば、私が本当は人間だと信じてもらえるかも。

「そのまま、じっとして……」

アルさんの手が、確かめるように、私の頬《ほお》に触れた。肩に、腕に触れ、そして離れる。

「見せて。真実の姿を」

囁《ささや》いたアルさんの両手の指が、私の顔の前で複雑な形に組み合わされ、組みかえられた。

急に、目の前が爆発するように白く光る。

「ぎにゃっ!?」

私は悲鳴を上げて、ギュッと目を閉じた。

気がついたら、ひっくり返って尻もちをついていた。センセはびっくりしたのか、私から離れて椅子《いす》の背にとまっている。

右横で隊長が背中を支えてくれたので、頭を打たずに済んだみたい。左横ではアルさんが膝《ひざ》をついていて、心配そうに私に聞く。

「ご、ごめんなさいっ、急に。大丈夫!?」

私はぱちぱちと瞬《まばた》きをした。

「あ、はい、大丈……」

ハッとして、喉《のど》に手をやる。

なんだか、声の感じが違う。

下から「にゃー」と小さな鳴き声がした。一匹の可愛い三毛猫《みけねこ》が、アルさんの膝《ひざ》に身体をすりつけている。

私は自分の手足を見て、「わあああ!?」と叫び声を上げた。

人間の手足！　三毛猫《みけねこ》と分離して、元に戻ったんだ！

身体のあちこちを確認すると、スカートのウエストのボタンは飛んで、太腿《ふともも》が半ば見えている。

がばっ、とスカートの前を押さえながら、私は素早く膝《ひざ》をつけて正座した。

「……チヤ……お前」

隊長と、目が合わせられない。

まさか、急に元の姿に戻るなんて思ってもいなかった私はすっかり混乱して、思わず正座したまま深々と頭を下げた。

「はじめまして、桐谷千弥子です、ごめんなさい……！」

どうしよう。猫獣人《ムシュク・ドストラー》だったからこそ、部隊で働けた。人間に戻っちゃったら、今までみたいにはいかない。ナフィーサが『ここにいられるように、祈ってる』って言ってくれたのに！

「わ、私、ごめんなさい」

勝手に涙が出てきて、また謝る私。アルさんまで泣き出してしまった。

「チャコが人間だったなんて！　私、ひどいことを……いいえ、人間も獣人《ドストラー》もないわ。そもそも獣人《ドストラー》を売り買いするのは反対だったはずなのに、可愛いチャコがそばにいてくれるからって甘えて……ああ、謝っても謝りきれない！」

そこへ扉が細く開いて、「アル？」とバルラスさんが顔を出す。

「……誰だ？」

いぶかしげに私を見るバルラスさんに、ますます私はパニックになり、アルさんは「バルラスさま、私たちチャコにひどいことを」と、泣き崩れた。

「すまないザファル隊長、どういうことか説明してもらえるだろうか」

少々うろたえ気味にバルラスさんが言い、隊長も珍しく戸惑《とまど》った声で今起こったことの説明をする。

最終的に、バルラスさんが私とアルさんを二人きりにしてくれた。

今までのことを話して、わんわん泣いた後、疲れがピークに達した私たちはプッツン、と眠りに落ちた。


朝食を終えた軍人たちが、朝日を浴びながら砦《とりで》の前で出発の準備をしている。

夜のうちにヤジナに伝令が行き、もう一台、馬車がやってきていた。ナフィーサとニルファルが、それに乗せられる。

私はその様子を、二階の空き部屋の鎧戸《よろいど》を細く開けて、こっそり見ていた。

ナフィーサは隊長たちにあいさつしてたけど、ニルファルは拘束《こうそく》を解かれることなく、生気のない顔で馬車の中に消える。ディルバが死んだと知ってから、一言もしゃべらないそうだ。

主従のような関係にあった、ニルファルとディルバ。そこにどんな感情があったのかはわからないけど、彼女にディルバの死を悼《いた》む気持ちがあるのなら、少しは救いがあるような気がした。

そしてこの後、私も、ヤジナの軍支部に行くことになっている。

「別の世界があることは、伏せておくべきだと思う」

隊長から事情を説明された時、バルラスさんはそんな風に言った。

「またニルファルのような者が出てくるとやっかいだ。クドラトから聞いた話では、ニルファル自身、どこか遠くからチャコを呼び出したとしか思っていないようだしな。しかし、ニルファルがチャコとチャコの国にしようとしたことは、裁かねばならない。チャコの証言が必要だ、連れていく。……それと、猫獣人《ムシュク・ドストラー》のチャヤという準軍人はいなくなってしまった。特殊部隊からはチャコを外さなくてはならない」

バルラスさんの言葉を思い出していると、ノックの音がして、「チヤ」という声と共に部屋の扉が開いた。隊長だ。

「倉庫に、大きめのマントがあった。これかぶってけ」

「……ありがと」

砦《とりで》を離れることにすっかり意気消沈《いきしょうちん》した私は、静かにマントを受け取ると身に着けた。

隊長はそんな私を見ながら、なんだか困り顔をしている。

「……急に、大人びて……いや、こっちが本来なのは理解したが。もちろんめでたいことだが、変な感じだなぁ。あいつらも驚くだろうな」

トゥルガンとクドラトは、『チヤ』の姿が見えないことをいぶかしんでいるそうだ。

でも、今会ったらまた泣いてしまうと思うと、会えない。

「俺が後で、ゆっくり説明しておく。落ち着いたらまた会えばいいさ。どうせ俺たちも、証言しにヤジナに呼ばれる」

微笑む隊長。私はうなずき、かろうじて言った。

「私、まだ、トルガンとお菓子、つくりたい。それに、帰りたい、思った時、クドラトに言う」

何も言わずに行ってしまうけど、まだトゥルガンの弟子でいたい。そして、今はクドラトを信用している。

ぺこりと頭を下げると、「伝えておく」と隊長は答えた。

マントをかぶったまま、ホールを出る。

もしどこかからトゥルガンやクドラトが見ていても、『チヤ』だとは思わないだろう。

馬車に乗ると、先にアルさんが乗っていた。私を見つめて、黙って微笑んでいる。

「アルティンク、チヤを頼む。お前もまだ完全じゃないんだろ、身体をいとえ」

見送りに来た隊長が、窓越しに言った。アルさんは「ありがとうございます」とうなずく。

隊長はニカッと笑った。

「しかし、さすがの呪術だったな。クドラトは気づかなかったチヤの本来の姿に気づいて、あっさりと」

アルさんは苦笑する。

「ちょっと私、力を暴走させ気味なんですよね。潜在能力はあるのかもしれませんが、使い方がわかっていないんです。呪術についての知識が七歳で止まってるんですもの……理論ではクドラトさんにはとても敵《かな》いません。少しずつ勉強します」

「いつか本当に、アルティンクがファルハドのように……いや、ファルハドを超える日が来るかもしれないな」

隊長は私に視線を移す。

「チヤ。いや、チヤコかな。人間なのに獣人《ドストラー》として扱われて、しんどかっただろう。しばらくアルティンクの世話になって、人間の自分を取り戻してこい。ハイマン卿もよくしてくださるだろう。センセのことは心配するな。ヤジナに会いに行くから、また『エミンの輪』でメシでも食おう」

私は泣くのを我慢しながら、うなずく。

隊長は手を伸ばして、私の隣に置かれた木の籠《かご》をつついた。中には三毛猫《みけねこ》がいて、「にゃあ」と一声鳴く。隊長は笑って、「お前も、ゆっくりして来い」と言った。

そして、一瞬ためらうような素振りを見せてから、その手を私の方へ伸ばした。

「またな！」

隊長は私の黒髪の頭をぐしゃぐしゃっと撫《な》でる。私は全力で、笑みを作った。

こうして、『チヤ』は、特殊部隊を離れたのだ。

エピローグ

あれから半年、私は中央ヤジナで過ごしている。

ダラでの企《たくら》みが明らかになったことで、ウーズル卿は失脚した。中央ヤジナの次の領主は、西ヤジナ町長のバルラスさん——バルラス・ガルブ・ハイマン卿だ。

バルラスさんは少しずつ領主の業務を引き継ぐ必要があり、西ヤジナ町長を他の人に託《たく》して、ずっと中央ヤジナの領主館に滞在している。その彼に、ようやく隠れなくてよくなったアルティンクさんが、妻として寄り添《そ》う。私は二人の客人として、同じ館に滞在させてもらっている。

そうなるまでには、色々あった。

まず、ニルファルが呼び出したのは人間のチヤコだということにした。ニルファルは黙秘を貫《つらぬ》いているそうなのでちょうどいい。

軍の担当者からの聴取で、故郷がどこなのか聞かれた時は、こちらの世界には未開の地があるのをいいことに、適当な国名を告げた。

故郷にすぐ戻る方法はなく、この国の人間によって害を被《こうむ》った立場の私は、シリンカ国民として正式に認められたのだ。

私は今度こそ、この国の言葉をしっかり勉強した。

約束通り、隊長はトゥルガンとクドラトを連れてヤジナまで私に会いにきてくれる。ナフィーサは謹慎処分になり、私は時々、軍まで彼女の面会に行った。

そして今、私は、馬車の窓から外を眺《なが》めている。

森の木々が、ゆっくりと後ろに流れていった。木漏《こも》れ日がキラキラと光って、心地よい風が馬車の窓を通り抜ける。

この森で、私は隊長に出会って、特殊部隊に連れていかれた。今度は自分から、自分の望むことをしに行くのだ。

やがて馬が止まり、馬車から降りる。音を聞きつけたのか、砦《とりで》の前に数人の人影があった。

隊長、そしてクドラトとトゥルガンだ。

彼らの前まで真っ直ぐ歩き、荷物を足下に置いた私は、ぺこりと頭を下げる。

そして、何度も練習した台詞《せりふ》を、一言一言区切りながら言った。

「本日づけで配属になりました。事務官のチヤコ・キリタニです。よろしくお願いします！」

「チヤァァァァ！　おかえり！」

トゥルガンが私をハグしようとして、あわあわと両手を上げた。

「失礼！　大人の女性なんだから、いきなり抱きついちゃいけないよね」

その肩から、ばささっ、と私の肩まで飛んできたのは、センセだ。

姿が変わっているのに私のことがわかるなんて、すごく嬉しい。

「配属の知らせがあった時は驚きました。よく、軍の入隊試験を突破しましたね」

クドラトが褒めてくれる。

この半年、バルラスさんが家庭教師をつけてくれ、猛勉強をしたのだ。クドラトも協力してくれ、私が書いた手紙を大変厳しく採点して送り返してくれた。

その時いきなり、「わっ」と後ろから肩を叩かれた。

「ひゃっ⁉」

びっくりして振り向くと、そこにいたのは——ナフィーサだ。

「ねえさん！　いつ戻れたの⁉」

「謹慎が解けたのはほんの数日前よ。ハイマン卿や隊長が口を利《き》いてくれたから、すぐ部隊に復帰できたの。もうあんなこと絶対にしない。あたしの稼《かせ》いだお金に賭けて誓うわ」

私は噴き出し、ナフィーサも一緒になって笑う。

「ところでチヤ、軍服が前と違って、あたしとお揃《そろ》いね。ねえねえ、あたしたちってもしかして本当は同じ年くらいなのかな。不思議ー」

隊長も笑う。

「今度は、自分から志望して来てくれたな、チヤ。仕事が山ほどたまってるぞ」

そう、私は特殊部隊の事務官を目指した。隊長とクドラトが資料を整理したり会計仕事したりする人が欲しいって言っていたのを覚えていたからだ。

一度、試験に落ちて、この世界でも私は無価値なのか、って落ち込んだ。けれど、目の前の『すべきこと』を全力でやれば道は開けると信じて再挑戦して、合格したのだ。

「隊長。この子も、いいですか？」

私は、足もとの籠《かご》を持ち上げる。

文字通り苦楽を共にしてきた、三毛猫《みけねこ》だ。首にぶら下がっているのは、『一《ビア》』の鍵。今はこの子が「チャコ」と呼ばれている。隊長はうなずいた。

「もちろん歓迎だ。仲間が増えたな」

「本当は、チヤが来るまでに猫獣人《ムシュク・ドストラー》の仲間を増やしておきたかったんですがね。その方が、あなたも安心するでしょう。でも……」

クドラトが言葉を濁《にご》す。見つからなかったのだろう。

私は荷物の中から、紙片を何枚か取り出した。呪《まじな》い札だ。

「これ、アルティンクさんが作ってくれました。必要な時だけ、使うものです。……私とチャコがくっついて、猫獣人《ムシュク・ドストラー》になれます」

「ホント!?」

「すごいなそれ」

「信じられない」

みんなが仰天する。

ふふっ、アルさんはすごい呪術師なんだぞ。私が自慢することじゃないけど。

アルさんは、私にずっとそばにいてほしかったようだ。

でも、私が事務官を目指して勉強しているのを見て、思い直したらしい。何週間も引きこもって呪術の勉強をしていると思ったら、ある日、私が居候している客室にやってきて言った。

「ヤジナと砦《とりで》なら、すぐ近くですものね。でも、一ヶ月に一度は顔を見せにくること！　絶対よ！」

そうして、この呪《まじな》い札をくれたのだ。

多少、身体に負担がかかるため、毎日使ってはいけないと言われたから、歩哨《ほしょう》の仕事はできない。

それに、チャコの力に頼りっきりなのは私も嫌だ。私は私で、役に立てるようになりたい。

でも、もしダラの中で猫獣人《ムシュク・ドストラー》じゃないと対処できない場所が見つかったら、この札を使ってチャコの力を借りよう。いつか、新しい隊員が見つかるまで。

「これでやっと、インギロージャの謎が解けたお疲れさま会ができるね」

ガッツポーズして歩き出すのは、トゥルガンだ。

「今日はずーっと厨房《ちゅうぼう》からいいにおいがしてるんだもん、お腹すいちゃったわ」

ナフィーサが後に続く。

「そうか、大人なら、酒もいけるんですね……」

クドラトはさっさと先を行く。

そして、みんなが砦《とりで》に入って行くのに、足を止めてジッと私を見つめる、ザファル隊長。

「な、なんですか？」

私はつい視線をそらした。

恥ずかしいからあまり見ないでほしい……

「あ、ああ、すまん」

謝りつつも、隊長は視線を外さない。

「いや、姿が変わっても、ああチヤだと思う仕草があってな。うん……今の姿、しっくり来るよ」

……それなら、いいんだけど……

横目で隊長を見上げる。千弥子の姿でも、隊長は私より頭一つ半くらい背が高い。

隊長はふいに、私の頬《ほお》に手を伸ばした。

「傷痕《きずあと》、結局残っちまったのか？」

「あ……はい、少しだけ。でも、いいんです。傷、チャコと半分こ」

私は、照れかくしに持っていた猫の籠《かご》を見せた。

耳の傷は、チャコの方に残っているのだ。

「そうか。どっちも、百戦錬磨《ひゃくせんれんま》の隊員らしくていいぞ」

隊長は笑って籠《かご》を持ってくれ、「行こう」と歩き始めた。

後に続きかけて、私は一度、立ち止まる。肩にとまっているセンセを撫《な》でながら、砦《とりで》を見上げた。

この砦《とりで》の向こうは、失われた都市。

そしてその奥底に、故郷につながった『扉』がある。帰りたくなったら、その時はクドラトにお願いすると思うけど、私はここで頑張ると決めた。

それに安全のためにも、もう『扉』をつながない方がいいと思う。故郷に妖気が流れていくようなことにはしたくない。

でも、私は、もう一つ『扉』があるんじゃないかと考えている。

それは、図書館のあの妖気の穴だ。

私の世界とこの世界があるように、他にも世界があったっておかしくない。

クドラトは、妖気はこの世界では全く異質なものだって言っていた。妖気がなんなのかはわからないままだけど、穴の向こうにあるのは妖気がはびこる世界なのではないだろうか。

この世界も、私の故郷の世界も、妖気によって滅ぼされないように……特殊部隊は、ズムラディダラを見守り続ける。

そんな部隊で、どれだけ役に立てるかわからないけれど、不肖《ふしょう》、桐谷千弥子。

ご入り用なら、猫の手をお貸しします！

ISBN:978-4-434-22063-0

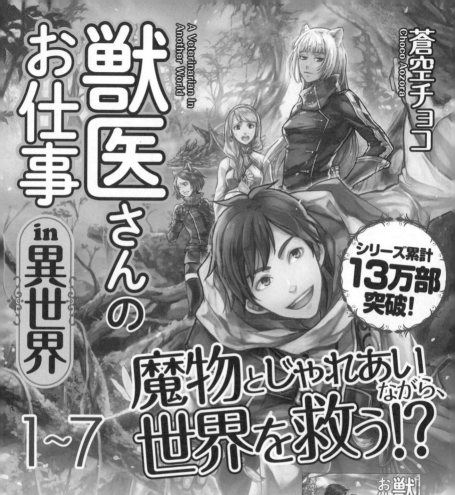

没落令嬢フィリーネが嫁ぐことになった相手は、竜の血を引く王太子ジェスライール。とはいえ、彼が「運命のつがい」を見つけるまでの仮の結婚だと言われていたのに……。昼間の紳士らしい態度から一転、ベッドの上では情熱的に迫る彼。かりそめ王太子妃フィリーネの運命やいかに!?

定価：本体1200円+税　Illustration：ロジ

遊森謡子（ゆもりうたこ）
東京都生まれ、千葉県在住。2012年『王子さまの守り人（まもりびと）（旧題：離宮の乳母さま）』で出版デビュー、WEBでも活動中。手動式コーヒーミルで豆を挽くのが癒し。

イラスト：アレア

本書は、「小説家になろう」（http://syosetu.com/）に掲載されていたものを、改題、改稿、加筆のうえ、書籍化したものです。

猫《ねこ》の手《て》でもよろしければ

遊森謡子（ゆもりうたこ）

2016年8月4日初版発行

編集－黒倉あゆ子・宮田可南子
編集長－塙綾子
発行者－梶本雄介
発行所－株式会社アルファポリス
〒150-6005 東京都渋谷区恵比寿4-20-3 恵比寿ｶﾞｰﾃﾞﾝﾌﾟﾚｲｽﾀﾜｰ5F
TEL 03-6277-1601（営業） 03-6277-1602（編集）
URL http://www.alphapolis.co.jp/
発売元－株式会社星雲社
〒112-0012東京都文京区大塚3-21-10
TEL 03-3947-1021
装丁・本文イラスト－アレア
装丁デザイン－AFTERGLOW
（レーベルフォーマットデザイン－ansyyqdesign）
印刷－大日本印刷株式会社

価格はカバーに表示されてあります。
落丁乱丁の場合はアルファポリスまでご連絡ください。
送料は小社負担でお取り替えします。

ISBN978-4-434-22226-9 C0093